A Novel

〔澳〕迈克尔·杰拉德·鲍尔——著　孙璐——译

金色蚕茧

The Running Man

山東文藝出版社

果麦文化 出品

与我们的内心相比，

过去和未来都不是特别重要。

当我们将内心的东西带到外面的世界，

奇迹就会降临。

——亨利·大卫·梭罗

PART 1

第一部分——一生都住在盒子里

1

约瑟夫定定地望着棺材，想起了蚕。蜜黄色的棺材就像一只蚕茧，安静地躺在他面前，让他在某个瞬间觉得自己仿佛置身另外一个时空。他拼命想把恍惚看到的画面记在脑子里，可是四周的噪音潮水般涌来——低沉的交头接耳声、清嗓子的咳嗽声、鞋尖不小心踢到硬木跪垫的脆响，时刻提醒他身在何处，随后他又一次在病态的懊悔与失落之间痛苦摇摆。“都是我的错。”约瑟夫想。这几个字像刀子一样刺在他的心上。

圣犹大教堂里，管风琴的呼啸声蔓延到他身后的空旷处，乐曲裹挟着悲伤，在半空中盘旋鼓荡。此前他也参加过几场葬礼，但这是头一回坐在前排，感觉跟以往截然不同。过去的葬礼上，他不过是一群吵吵嚷嚷的小学男生中的一员，在路边站成一排，与日后他连长相都难以记起的人告别。现在的他却处于整个仪式的中心，仿佛被一个讨厌又强硬的拥抱紧紧箍住。

他垂下眼帘，母亲的手轻柔地搭在他的膝头。约瑟夫把手放在她的手上，挤出一个虚弱的微笑，然后再次望向棺材，合起眼皮，让黑暗包围自己。

为什么会这样？如果他能回到某个确定的起点，从那时起留意每一个瞬间，现在是否就不会如此迷茫，是否就能理解事情发生的缘由和意义？可这一切又该从何说起？人们往往很难察觉一件事是如何开始的。与开头相比，结局反倒更加清晰可辨。如果一件事结束了，总有各种显而易见的迹象，比如事物终结，比如生离死别；事情的开头则更像阴影和雾气，悄无声息地融入四周，模糊一切。

约瑟夫竭力回想事情的起点，不知不觉又想到了蚕。最近他老是想起它们，不由自主，也不知道为什么会想起这种简单的生物，不明白它们与这件事有什么联系。但这一次他恍然大悟：试图解开过去那些纠结的线索，就像从蚕茧中抽出丝线一样。

抽丝时，首先要在蚕茧上找到松脱在外的丝，拿拇指和食指小心翼翼地捏着向外拉扯，让互相粘连的丝线与坚硬的蚕茧缓慢分离，这时轻轻晃动就能震断蚕丝，剩下最后一根丝线。只要微微抖动悬在丝线上的蚕茧，它就会在旋转中摆脱纠缠，剥离坠落。

这正是约瑟夫在做的事：寻找一条引导他前进的线索，无论这条线索多么纤细脆弱。一旦集中起精神，散乱的记忆图像便渐渐呈现出清晰而独特的画面：三个男人的面孔赫然在目，虽然他们彼此素未谋面，但每一位的人生都与约瑟夫不可思议地交织在一起。

他看到父亲的脸，上一次见它时，上面写满困惑、忧伤和愤怒。他还看到汤姆·莱顿的脸，像石头一样沉默，隐藏在房间的暗影深处。最后，他看到奔跑怪人的脸，那人眼中燃烧着绝望的火焰。奔跑怪人总是如影随形，像个躲在远处的幽灵，拖着不安的步伐越靠越近。

约瑟夫再次凝视棺材，松散的记忆丝线终于渐次解开，最后只剩一幅画面。那是他每天晚上透过卧室窗户看到的画面，是他邻居的旧木屋——汤姆·莱顿一家的房子，高踞在黑色的木桩地基上，活像一只蹲伏在阴影中的长腿怪物。

2

莱顿家已经在亚瑟街和阿什格罗夫大道交叉口的大房子里住了六十多年，早在约瑟夫随父母搬到他们隔壁之前，邻居们至今还会提起的老莱顿夫妇就已经去世了。不过，戴维森一家很快就了解了当地历史，这多亏了住在对街的莫索普夫人，邻里街坊的事，几乎没有她不知道的。

搬到亚瑟街三号时，约瑟夫才五岁，但他非常清楚地记得，他们搬来的第一天，莫索普夫人就“顺路”进了屋，跟他的父母攀谈起来，后来她又以同样的理由多次登门拜访。长大一些后，约瑟夫注意到，每当门铃响起、门外传来快活的颤音“是我，劳拉”的时候，母亲总要打个激灵。

莱顿一家是杰拉尔丁·莫索普最喜欢谈论的话题。经过莫索普夫人多年来坚持不懈的灌输，莱顿家的故事成功地在约瑟夫脑子里扎了根，时常莫名其妙地冒出一两段。他知道老莱顿先生是位法官，他妻子（莫索普夫人总是挑起眉毛强调莱顿夫人比她丈夫小很多）在州立图书馆工作。他知道他们只有两个孩子，大儿子叫汤姆，小女儿叫卡罗琳。他还知道莱顿一家生活幸福，人缘也很好，因此，当莫索普夫人所谓“可怕的悲剧”发生时，邻居们才会深受打击。

“可怕的悲剧”是一场车祸，夺走了老莱顿夫妇两条人命。当时卡罗琳和父母住在一起，还在读新闻专业的她刚刚找到一份报社的工作，父母出事前两周，卡罗琳刚订了婚，按照莫索普夫人的说法，“她可是什么都有了”。但约瑟夫知道，卡罗琳一直没有结婚，后来在本地一家药房上班，跟哥哥汤姆相依为命，住在莱顿家的老房子里。

汤姆·莱顿是个货真价实的谜。约瑟夫只知道，安葬父母之后，汤姆悄悄回到了老屋，关起门来一躲就是许多年。就这样，卡罗琳的哥哥活成了一个诱人的谜题，有关他的谣言五花八门。约瑟夫听邻居小孩讲过各种关于汤姆·莱顿的恐怖故事，有的说他是怪物，有的说他疯了，还有一些更加邪恶的说法，只能当悄悄话来传。不管真相是什么，早已成为湮没在野草中的脆弱花朵。

尽管约瑟夫并不真的相信那些无情的传闻，但他也和大家一样被这位神秘的邻居吸引。当然，有那么罕见的几次，他瞥见过这位深居简出的邻居：有时撞见一个人影从莱顿家敞开的窗口骤然闪过，有时则发现卡罗琳的汽车副驾驶座上蜷缩着一个落网罪犯般无精打采的怪人。根据仅有的这几次目睹，约瑟夫推断，汤姆·莱顿应该是个高大结实的男人，唯独容貌未知，因为他的脸被严严实实地挡在浓密的头发和胡须后面。

莫索普夫人似乎对汤姆·莱顿有着自己的看法，她绝不直呼其名，总是用“她哥哥”“那个人”或者“隔壁那位”之类的词指代他。但她从不当着约瑟夫的面谈论汤姆·莱顿，似乎认为这个话题不适合说给小孩子听。

久而久之，约瑟夫接受了汤姆·莱顿这个众所周知的未解之谜，就像那座他每天都会经过，却从来不曾走进去的房子。

九月初，也就是约瑟夫坐到圣犹大教堂前排的三个月前，他才得以靠近汤姆·莱顿的世界。那是个星期六的早晨，约瑟夫刚给自家草坪割完草，就听见有人叫自己的名字，抬头一看，发现卡罗琳站在篱笆旁。

“干得不错嘛！”她笑着说。

“谢谢。”

“有件事，不知道你有没有兴趣。帮我家收拾院子的人退休了，我得找个人接替他。你想不想多挣点零花钱？工资按照标准给，四十块钱[1]，还能喝到饮料哦。”

约瑟夫点点头。四十块听着像是一大笔钱了。“好啊，挺不错的。”

“太好了，但你得先问问你妈妈同不同意，然后给我个准信儿。要是没问题，下周末就可以来我家试试。”

约瑟夫收好割草机，跑回家去找母亲。她就坐在厨房桌子

1. 此处为 40 澳元，折合人民币约 190 元。

旁边，对面坐着莫索普夫人。

“你好，约瑟夫。”

“噢，嗨，莫索普夫人。”

“全都干完了？”母亲问。

“嗯。妈妈，卡罗琳·莱顿问我愿不愿意下周末去她家剪草坪，报酬四十块钱。我可以去吗？”

莫索普夫人的脑袋猛然朝他这边扭了过来。

“当然可以，只要你愿意，我想不出反对的理由。四十块钱？赚得还真不少，可别指望我也能给你这么多零花钱啊。”

“不会的，妈妈。谢谢！”

“那就好。现在赶紧去换鞋，别踩脏了地板，不然可是要交罚款的哦。”

约瑟夫坐在后门口的台阶上解鞋带，刚好听得见母亲和莫索普夫人说话。

只听她们低声交谈了一阵，莫索普夫人突然扯起嗓门说：“跟那样的人来往，蠢到家了！”她口中“那样的人”只能是汤姆·莱顿。

约瑟夫蹑手蹑脚地跨上几级台阶，竖起耳朵静听。接下来说话的是母亲：“他只不过是去剪个草坪，杰拉尔丁，我觉得你有点反应过度了。”

“我反应过度？哼，我在这儿住了五十二年，知道的事情恐怕比你多。”

母亲再次开口时，语气像是在安慰一个忧心忡忡的小孩。“我理解你的顾虑，真的。我也知道汤姆·莱顿的行为举止非常奇怪，可他的父母都不在了，这样的身世实在可怜。而且，你不是告诉过我，他在越南受过伤吗？虽然我也说不准，但他或许是受够了这个世界带给他的伤害，所以才躲在家里不出来。谁有资格指责一个经受过那种遭遇的人呢？”

“卡罗琳也同样失去了父母，劳拉，她怎么就不把自己锁起来呢？那场可怕的车祸，还有后来的葬礼，都是她一个人撑过来的，可她哥哥呢，露了个脸就消失了，天知道他去了哪里。卡罗琳的生活刚刚恢复正常，他却偏偏出现了，还赖着不走，要做妹妹的来照顾他。这么多年她都在帮他收拾烂摊子，到头来又得到了什么？除了被这个吸血鬼榨干，她的工作、钱财和未来，全都完了。”

“但你说的这些，跟约瑟夫帮他们家除草又有什么关系呢？”

“这可就说来话长了。我不是说她那个哥哥做过老师嘛，听说是在南部什么地方教书，只教了一阵子，不知什么原因，突然又回来了，躲在家里闭门不出，不敢见人。要不是做了亏心事，怎么会不出来见人呢？”

“话不能说得这么绝对，他也可能是无辜的。”

“那怎么卡罗琳从来不提他？假如他真是无辜的，她为什么表现得就像没有这么一个哥哥？关于那个人的情况，你可别指望从她嘴里抠出半个字来，每次她都装聋作哑。”

约瑟夫嗅到了莫索普夫人语调里浓重的挫败感和火药味儿，在她看来，卡罗琳不愿与人分享秘密，显然是对她这个“包打听”的巨大羞辱。

“就算你猜得不错，”母亲坚持道，“汤姆·莱顿确实做过……什么事，约瑟夫也只是去他家院子里干点活而已，又不主动凑到他眼前。不管怎么说，有卡罗琳在场，不会出事的，我相信她。”

“你敢相信她吗？卡罗琳·莱顿可是非常爱她哥哥。她大概跟你一样，不愿意把他想得那么坏，可是劳拉，万一最坏的情况发生怎么办？”

“我不知道。但我们不能无凭无据地指责他是坏人，这样不对。”

“不对？我跟你说，让你十四岁的儿子接近那样的家伙才是‘不对’！你要是不听劝——”

“杰拉尔丁，老实说，他不会有事的，真的。”

莫索普夫人短暂地沉默了一下，厉声说道：“但愿如此，劳拉。不过，我认为汤姆·莱顿很危险，这个变态一定会盯上你儿子的。”

听到椅子挪动的声音，约瑟夫慌忙后退几步，回到最底层的台阶上。他刚脱掉鞋子，身后就传来了脚步声。

“再见，莫索普夫人。”

杰拉尔丁·莫索普经过约瑟夫身旁，忧心忡忡地看了他一眼，犹豫了片刻，仿佛有话要说，但最后只是点了点头，皮笑肉不笑地咧了咧嘴，随即便匆匆消失在车道尽头。

接下来的那个星期六，约瑟夫帮莱顿家割草时，莫索普夫人临别前的警告始终在他脑海中回旋，搅得他心神不宁，时不时偷瞥一眼那座神秘的房子，却丝毫看不出汤姆·莱顿待在里面的迹象。直到修剪完草坪，约瑟夫和卡罗琳一起坐在高脚屋下方那片阴凉的水泥地上休息时，头顶突然传来地板受压的嘎吱声，他这才意识到近在咫尺处还有另外一个人，但他和卡罗琳都假装什么也没听见。

“草坪看起来很棒，但愿这对你来说不是一件重活。”

“当然不是，这工作还不错。”

约瑟夫抿了一口大玻璃杯里的橙汁，里面加了许多冰块，挤挤挨挨，发出轻微的撞击声。

“把这些饼干都吃了吧，我那里还有很多呢。”

约瑟夫笑了。他喜欢卡罗琳，但跟大人在一起还是觉得有些尴尬和不自在，于是拿起饼干咬了一口，机械地嚼起来。在随之而来的静默中，他觉得下巴咀嚼的每一个细微动作都变得异常清晰。

“最近你爸爸有消息吗？这次去哪儿了？好像是新几内亚？”

“布干维尔。”

“啊，没错。我猜他会去那边操作一些重型机械什么的，跟给镇上干活不一样。”

“我猜也是。”

“他走多久了？有六个月了吧？大半年都不在家，你和你妈妈应该不好过吧，你们一定很想他。”

约瑟夫点点头，为了躲避卡罗琳的目光，他慌忙抹掉沾在玻璃杯外面的几滴橙汁。他不想谈论自己的父亲，不愿回忆那天的情景，迫不及待从那段突然闯入脑海的记忆中逃离。

幸好，卡罗琳很快换了话题：“学校怎么样？”

“还行。”约瑟夫答道。闲谈的主题终于不再是父亲，他如释重负。

“你妈妈告诉我，你喜欢画画，还给我看过你的一些作品。我得说，它们非常了不起，我要是有你那样的才华就好了。”

约瑟夫被夸得有点脸红。

“眼下在忙什么新的杰作吗？”

“没，不算是……不过下学期要交一份重要的作业，需要从现在开始做准备。”

“哦，一听就很重要，跟我说说吧。”

“每个人都要画一幅肖像，必须找真人当模特，就是你认识的人，不能是历史人物或者电影明星，还得把作画时的想法写下来，连同素描草稿一起交上去。”

“嗯，你这么会画，这根本不算什么难事。什么时候交？”

“年底之前。不过老师说要尽早开始，因为首先得找到合适的模特，跟人家商量时间安排之类的。”

“你想好找谁做模特了吗？”

“还没有。”

“那你想找个年轻的还是年纪大一点的模特？”

“不知道。年纪大一点的吧。”

“这样可以捕捉到更多有意思的人物特点，对不对？”

约瑟夫腼腆地笑了笑，补充道：“说不定我奶奶愿意，可她住得太远了。”

“没错，你需要找个住得近的模特，还得有空闲。你妈妈怎么样？莫索普夫人呢？”

“妈妈不愿意，”约瑟夫摇摇头，“她连照相都不喜欢。”

“那莫索普夫人呢？”

看到约瑟夫皱起眉头，卡罗琳立刻读懂了他的心思，笑出了声：“哈哈，这应该不是什么好主意，对吧？我完全想象不出，莫索普夫人能坚持在一毫秒之内一动不动。”随后她又想到了什么，补充道，“反正她那张嘴是无论如何都要动的。”

这次轮到约瑟夫笑了起来，卡罗琳的脸却有点红，仿佛她原先并不打算补充刚才那句话，只是说漏了嘴。“哎呀糟糕，我不该那样说她。我知道她的心眼并不坏，大家也都这么认为。不过，那个女人真的很能说。”

四邻八舍都知道，莫索普夫人是个不知疲倦的新闻传播机和闲话篓子。“莫索普？还不如改名叫‘闲话铺’呢！”约瑟夫的父亲曾经不止一次这样半开玩笑地抱怨。现在看到卡罗琳表露出同样的不满，约瑟夫不禁好奇，卡罗琳是否清楚莫索普夫人暗地里编派了多少关于她和她哥哥的闲话。但想起刚才卡罗琳提到“那个女人”时微微摇头的动作，他立刻领会到，对于这件事，她是心知肚明的。

“不，我们才不会同意把你和莫索普夫人关在一间屋子里，一待就是好几个小时，万一你絮絮叨叨地指挥她做这做那，逼得她没有机会说话怎么办？听不见自己的声音，她岂不是要活活憋死？就像《绿野仙踪》里的那个女巫，你知道吧？‘我要化了！我要化了！’不，我见不得那个可怜的女人受苦。”

与卡罗琳·莱顿相处久了，约瑟夫渐渐摆脱了先前的不自在。虽然她也会拿他安静内向的性格打趣，但不会像别人开玩笑那样让他自觉愚蠢和无助，更不会自以为是地贬低他，把他视为一头惊慌失措的小鹿，担心他落入猎人的掌心。

“好了，这下选择范围又缩小了。你需要找一个外表看起来有趣的人，不能太年轻，就住在附近，还能腾出时间来做你的模特。”

约瑟夫明白，眼下完全符合这些条件的人就坐在桌子对面，若有所思地缓缓转动着手中的空杯子。这是他第一次有机会近距离观察卡罗琳的表情。虽然已经年过四十，但她咬着下嘴唇、把漂亮的头发拢到耳后的样子还是让约瑟夫联想到了小女孩。他开始想象该如何捕捉那双美丽的暗色眼眸中的忧伤，如何展现她鼻子和颧骨那冷硬的轮廓线条。

为卡罗琳·莱顿创作的肖像将成为他迄今为止最具挑战性的作品，但他此刻清楚地意识到自己愿意尝试。他无法解释那究竟是种什么样的感觉，但就在面前的这个女人小心地把杯子放回桌上的那一刻，约瑟夫毫不怀疑地断定，她也同样希望做他的模特。

再次开口时，卡罗琳的语气有些羞涩和不确定：“我有一个建议，不知道你愿不愿意考虑。”

接下来是一阵尴尬的沉默，约瑟夫不知道自己是否应该主动替羞于自荐的卡罗琳化解这份尴尬，而腼腆的性格迫使他把想说的话留在了喉咙里。

“我只是想……或许……”她犹豫地说。

约瑟夫勉强挤出一个鼓励的微笑，做好了随声附和的准备。

卡罗琳看着眼前的小男孩，似乎真的从他坦率友善的表情中得到了鼓励，但她接下来说的话就像始料未及的一记直拳，突然击中了约瑟夫的肚子。

“我想，或许你可以为我哥哥汤米画一幅肖像？”

当天夜里，约瑟夫躺在床上，怎么也睡不着，下午跟卡罗琳·莱顿的对话不停地在他耳边回荡，当时的情景也始终在眼前挥之不去。

卡罗琳提议让她哥哥给约瑟夫做肖像画模特，好比突然把一件说不得但也拿不走的禁忌之物硬生生塞进他们俩中间。约瑟夫搜肠刮肚地想找理由拒绝，却一个字也说不出来，只能挂着僵硬的假笑，尴尬得脸颊发烧。

至于卡罗琳的建议，与其说是询问，不如说是恳求。在约瑟夫看来，一切都颠倒了，他想画的是卡罗琳，绝非汤姆·莱顿，现在卡罗琳却突然把她藏着掖着的哥哥推到约瑟夫面前，还亲昵地称其为“汤米”，仿佛汤姆·莱顿不过是个天真无邪的小孩。

终于，约瑟夫结结巴巴地吐出回应：“我，我也不知道，我说不准……妈妈可能会开车送我去奶奶家……其实我还没想好……”

最后，卡罗琳像是可怜他一样，同情地说：“听着，约瑟夫，一切完全由你说了算。我只是提个建议，绝没有强迫你的意思。不过，你或许可以考虑一下。我们可是一墙之隔的邻居，没有比这更方便的了。你再好好想想，”她顿了顿，挑挑眉毛，“好吗？”

“好的。”

约瑟夫清楚，自己听起来口是心非，但他并不在乎，只盼她能理解他的不情愿，打消这个可怕的念头。

卡罗琳从桌上收起约瑟夫用过的杯盘，起身朝后门走了几步，似乎有点心不在焉。她把手搭在台阶扶手上，突然停步转身，瞥了他一眼说：“对不起，刚才吓到你了，我不应该突然提出那样的要求。我理解，你必须……选一个能愉快相处的模特，我理解，我完全不想给你压力来着。”她又在最底层的台阶上徘徊了片刻，最后好像下定了什么决心，回头看着他说：“我知道他们说了一些关于我哥哥的谣言，还有，各种猜测，但我了解自己的哥哥，他们不了解。”说到这里，卡罗琳闭上双眼，微微摇了摇头，声音也随之颤抖起来，“人生难免会遇到一些意想不到的坏事，你很想挽回它们带来的后果，却一点办法都没有，但这并不代表遇到这种事的人就是坏人，哪怕他们自己也这样想，甚至为此一辈子都无法原谅自己。”

似乎意识到自己说得有点多，她猛然住了嘴，再次开口时，语气里透着刻意为之的冷静：“你说了算，约瑟夫。我只是觉得，假如你能为我哥哥画肖像，或许对他有好处。我觉得你能帮到他。当然，我得先征求你妈妈的同意。也许你可以先试一次，看看感觉如何，不行就作罢，我不会继续打扰你的。无论如何都由你来决定。但请你务必考虑一下，认真考虑……”

“好的。”约瑟夫真心实意地回答。

卡罗琳微微一笑，最后补充道：“还有，你给他画像的时候，我会一直在旁边陪着，你永远不会落单的，我保证。”

躺在床上的约瑟夫回想起这段对话，发现真正让自己觉得别扭的正是卡罗琳最后这句补充。她为什么认为有必要做出这样的保证？仅仅是为了让他作画时感到自在吗？还是说，莫索普夫人背地里对汤姆·莱顿的揣测是真的？

耳边仿佛响起莫索普夫人阴恻恻的说话声，像蛇一样往人脑子里钻，约瑟夫一下子坐了起来，猛地推开床边的一扇窗，透过卧室窗外那棵一品红的枝丫，望向篱笆外侧莱顿家的开阔院落。与篱笆平行的是一条短短的车道，直通木板搭建的旧车库，院子右侧那株大无花果树枝繁叶茂，俨然整块草坪的主宰，左侧有棵桑树，枝条稀稀落落地耷拉着，树下是一座废弃的混凝土垃圾焚化炉。莱顿家那栋怪兽般的大房子就矗立在院子另一侧。

厨房里亮着灯，敞开的窗户后面有个人影，那是卡罗琳·莱顿，似乎正在低头洗碗。过了一会儿，她离开水池，走进另一间屋子，约瑟夫猜想可能是起居室。窗玻璃结了霜，他只能依据模糊的人影艰难地认出她来，接着便注意到那里还有另一个身影，块头要大一些，与卡罗琳面对面站着，两个人不时地挥动胳膊，似乎在互相指指点点，情绪激动地推来搡去。

最终，大块头身影迅速退开，消失在约瑟夫的视野之中，随即传来沉闷的关门声，连院子这头都能感受到强烈的震动。约瑟夫望着那个小块头身影原地徘徊了一阵，转身踱回了厨房。当卡罗琳重又出现在水池边时，她的动作变慢了，显得小心翼翼。她拿起一件小东西洗刷起来，然后把它放到架子上晾干，接着便重重伏在水池上方，低下了头，头发跟着垂下来挡住了脸，远远看去，好像是哭了。

与此同时，房子的另一侧，某扇窗户的厚重窗帘后面，忽然闪出一道黯淡的光，接下来窗帘的动静吸引了约瑟夫的注意，他不由自主地绷紧身体，只见那块窗帘拉开了一截，现出一个脑袋。那人站在窗前，头顶笼罩着一圈柔和的光晕，映照出颧骨和鼻尖的轮廓。突然，他直愣愣地朝约瑟夫这边望了过来。

约瑟夫一下子倒回床上，心脏狂跳，甚至下意识地屏住了呼吸，一动不动地躺在那里，尽管他知道，从莱顿家根本听不到他的声音，也看不清他的模样。约瑟夫望着天花板上的光影，逐渐放松下来。就算汤姆·莱顿发现他又怎么样？他不是也看见汤姆·莱顿了吗？

他静静地躺在黑暗中，思索该如何答复卡罗琳的提议。这个想法本身就让他感到恐惧，其实他并非害怕汤姆·莱顿，而是担心到时候无法控制自己的尴尬和害羞，所以宁愿不和别人来往。这又有什么错？他生来如此，难以改变。他知道母亲有时也会为此忧虑，但每当她提起这个话题，他只会感到更难为情。有一次，听到莫索普夫人对他母亲说："那孩子需要家里有个男性。"约瑟夫甚至心生怨恨，怒火中烧。

想到父亲，一阵痛苦的愧疚感袭上心头，为了逃避这种感觉，他只能强迫自己继续考虑卡罗琳的建议。他越想越不打算让汤姆·莱顿做肖像画模特，但每次他认为决心已定，又仿佛看到水池边那个忧伤的身影，想起卡罗琳提出建议时的热切与期待。

这时，约瑟夫注意到天花板上的光影出现了微妙的变化，有一小片发亮的部分变暗了，其他部分也跟着逐渐变暗。他用胳膊肘撑起身体，紧贴着窗台边缘向外窥视，原来莱顿家的灯已经全都熄灭了。约瑟夫躺回床上，拉起被单裹住身体，脑袋陷入枕头那一刻，他还是忍不住再次想起了莱顿一家。为什么卡罗琳那么希望他给她哥哥画肖像？现在这个汤姆·莱顿就躺在离他不到五十米远的一张床上，这么多年他究竟在躲避什么？跟他面对面打交道会是什么样的感觉？他的真实面目又是怎样的？

迷迷糊糊快要睡着之际，约瑟夫试图把汤姆·莱顿模糊的样子看个清楚，但出现在梦中的是另一张熟悉而冷漠的面孔。那是一张饱受折磨的脸，表情狂野，变幻莫测，它的主人朝约瑟夫径直跑来，埋藏在童年里的噩梦似乎又回来了。

那天晚上，约瑟夫又一次梦见了奔跑怪人。

3

阿什格罗夫大道的人行道上经常会出现一个踉踉跄跄、衣衫褴褛的身影，虽然母亲称之为“那个搞笑的家伙”，但是就约瑟夫所知，奔跑怪人跟搞笑绝对沾不上边，反倒是“噩梦”的代名词。

约瑟夫叫他“奔跑怪人”，因为这个男人总是在跑，而且跑起来没有半分运动员的优雅，姿态歪七扭八，更像是慌不择路却苦于速度提不起来的逃窜，仿佛被一个只有他自己才能看见的怪物追赶。

每当冷不防撞见他，约瑟夫的心脏都会像奔跑怪人疯癫的脚步般紧张地狂跳，好在约瑟夫很少与之正面遭遇。让奔跑怪人显得与人群格格不入的，并非他歇斯底里的匆忙姿态，而是那身挂在高大瘦削骨架上的破衣烂衫，还有那头凌乱稀疏的长发，皱巴巴的短檐帽根本遮挡不住，随风飘荡，令他看起来活像稻草人。更惊悚的是，他的眼睛又大又凸，在尖锐的颧骨上方不安地来回转动，整个人看起来像在深山老林里潜逃了大半辈子的越狱犯，不慎闯进了人多的地方，顿时草木皆兵，手足无措。

约瑟夫清楚，不只他畏惧奔跑怪人，许多人都会朝那家伙投去怀疑甚至厌恶的目光，大家都躲着他，领着孩子的成年人见到他，也都会悄无声息但坚定有力地把自家小孩拉走。

奔跑怪人鬼魅般的身影掠过亚瑟街，最终消失在阿什格罗夫大道尽头的时候，约瑟夫时常会好奇地偷瞥，他搞不懂这家伙究竟从哪儿来，又要到哪儿去。除了在街上偶遇，约瑟夫见到奔跑怪人的机会就只有每周日去圣犹大教堂做礼拜的时候。他记得莫索普夫人曾经嫌恶地表示，奔跑怪人经常出现在葬礼上，而且总是“不请自来、蓬头垢面”。进了教堂，奔跑怪人从来不坐别的地方，只会待在最后一排最边上的座位，佝偻着背，仿佛在躲避一场暴风雨，眼珠四处乱转，从不望向某个固定的目标，身体始终小幅度地前后晃动。无论教堂多么拥挤，奔跑怪人周围总会自动出现一大圈空位。

礼拜刚一结束，奔跑怪人便会忙不迭地把他的破帽子扣在脑袋上，双手捂着心口，弓着腰冲到外面，好像从一座失火的建筑中逃了出去。好几次，看到奔跑怪人癫狂的背影迅速消失，终于和其他人拉开安全的距离后，约瑟夫都有种如释重负的感觉。

然而，一次偶然的情形，约瑟夫还是近距离接触到了奔跑怪人，那段经历就像一根细长的丝线，无色无形却牢固结实，将两个人的世界紧紧捆在一起，轻缓却不容抗拒地把他们越拉越近。

当时约瑟夫只有八岁，在圣犹大教会小学上三年级。那是新学年的第二天，也是约瑟夫自己上下学、不用妈妈接送的第二天。

新学期的第一天平安无事，正如母亲常说的那样，大路朝天，平坦笔直。放学后，约瑟夫只需在交通灯的辅助下穿过校门口那条车水马龙的大街，沿人行道直走，向右转过阿什格罗夫大道的平缓拐角，小心地横穿克劳福德路，然后经过卡钦斯先生的杂货店和达利先生的肉铺，来到路对面的亚瑟街，走过位于街角的莱顿家的房子就能安全到家。就这么简单。

话虽如此，毕竟是第一天独自放学，约瑟夫既紧张又激动。他只记住了行进路线，却对沿途的环境细节一无所知，所以，当他转过街角，看到卡钦斯先生店铺的木遮板和站在人行道上悠闲抽烟的店老板时，甚至有点惊奇，因为他以前从没在店外见过卡钦斯先生，更不知道母亲上周末去杂货店买东西时，随口提到过从周一开始约瑟夫会自己上下学，卡钦斯先生主动向她保证，他会“帮忙盯着那个小家伙”，确保他的安全。杂货店老板果然没有食言，其实看到约瑟夫之前，他还略微有些焦急，发现男孩走了过来，他的圆脸上立刻浮现出笑容，弹了弹烟蒂，夸张地冲约瑟夫喊道："了不起啊，约瑟夫，胜利归来的英雄！"

没有人不喜欢卡钦斯先生，尽管约瑟夫的父亲称他是"从过去穿越来的老古董"。卡钦斯先生个子不高，脸庞圆润，秃脑袋油光铮亮，浑身散发着快活劲儿。他十分健谈，但不知怎么回事，说话的声音像是嘶哑的耳语，这让他亲口告诉你的每一件事听起来都充满神秘感。他还特别喜欢开玩笑。

"嘿，约瑟夫，你听说了吗？隔壁的达利先生昨天不小心，一屁股坐到了绞肉机上，所以他今天的生意被拖了后腿，明白吗？被屁股拖了后腿！"

比起从别人那里听来的笑话，卡钦斯先生讲自己编的笑话时最来劲，正因如此，约瑟夫最喜欢听他讲自创的笑话。不夸张地说，卡钦斯先生不管做什么都散发着一丝神秘的魅力，比如，约瑟夫很喜欢看他用那种带滑动托盘和旋转刀刃的机器切火腿，薄薄的火腿片打着卷儿从刀刃上滑下来，啪的一声落在下面的包装纸上，然后卡钦斯先生会把手掌抄进包装纸下方，一股脑儿托起堆好的火腿片，干脆利落地甩到秤上。不出意外的话，接下来他八成会凑过去看一眼刻度盘，挑起眉毛故作惊讶地嘲弄一声："哎呀，这头猪一定很瘦！"或者说："这头猪真肥呀！"当然，他的评价绝对有理有据，完全取决于磅秤上显示的结果。

每当约瑟夫的母亲带儿子光顾杂货店，无论她买没买东西，卡钦斯先生总会为约瑟夫表演有趣的小把戏。比如他会撕开一包小蛇水果软糖，右手小心翼翼地挤出其中的一条蛇形糖果，然后摊开左掌，慢慢地转着圈儿把小蛇搁在上面，摆成盘绕的形状，接着右掌按住小蛇，两只手旋转搓动，等他再摊开手掌时，被揉成一团的小蛇会像皮筋一样拧动弹起，仿佛真的活了过来。

这套戏法约瑟夫百看不厌，虽然他自己也能表演得同样熟练，但总比不上卡钦斯先生表演时那么热情洋溢，那张笑起来像粉色气球一样的大圆脸更是充满了无与伦比的感染力。“小心点，要是被糖果蛇咬一口，一辈子都要长蛀牙！蛀牙啊！明白吗？明白吗？”说完他就嘶哑着嗓子哈哈大笑起来，听起来就像没油的小马达被强行启动了一样。

第一次独自放学回家的约瑟夫看到杂货店门口的卡钦斯先生，立刻意识到自己没有迷路，他成功了。紧接着他又被卡钦斯先生领进店里大加夸奖了一番，顿时觉得更有信心挑战余下的路程了。卡钦斯先生再次跑到人行道上为他指引方向，加油打气。约瑟夫小心地穿过马路来到亚瑟街，经过莱顿家，最后骄傲万分地嚼着两颗树莓口味小蛇软糖回到了亚瑟街三号。

有了前一天的经验，约瑟夫第二天放学时就轻松自信多了，不过，假如他能预见当天下午将要发生的事，恐怕绝不会走出那间温暖明亮的教室。

第二天，因为找不到铅笔盒，约瑟夫离开学校的时间比平时晚了些，等到铅笔盒重新出现，已经放学二十分钟了。他快步穿过操场和校门口的马路，沿着阿什格罗夫大道往家走，就在他以为自己会像前一天那样平安到家时，阳光下一件闪闪发亮的小东西吸引了他的注意。

克劳福德路和阿什格罗夫大道的交叉口有一排新房子正在施工，工地的人行道旁堆了不少建筑垃圾，其中包括一些旧木篱笆段和大堆的沙子。约瑟夫看到的光亮来自沙堆另一侧，大概是纪念章或银色小硬币的反光。

约瑟夫想起母亲的嘱咐："放学后赶紧回家，别在路上磨蹭。"但跑过去看看也不会浪费多少时间。不过，约瑟夫与那件宝贝隔着不止一个沙堆，沙堆前方还有一片水坑，好像一条挡路的护城河，他得跳过浅浅的水坑，几步绕过沙堆，然后捡起那东西，回到人行道上。约瑟夫摘下书包，小心地搁在地上，向后退了两步，稳住身体，迅速向前一跨，轻而易举地越过了水坑。可是，右脚踩到湿漉漉的沙子上时，意外发生了，他不仅没站稳，反而脚下一滑，黑色的校服皮鞋探进了冰冷湿黏的沙子里，大半条腿也随着惯性陷进厚稀饭一般黏稠的沙堆，吓得他险些以为自己要被可怕的流沙吞下去，好在另一只脚还在外面，踉踉跄跄地在坚实的地面上找到了支点。

最初的恐慌消失后，约瑟夫试着拔出右腿，清理身上的脏污。他不希望有人看到自己如此狼狈，便往附近的房子和家的方向扫了一眼，没有人，又朝通往学校那条微微弯曲的长马路和圣犹大教堂高高的砖墙望去。正是在这个时候，约瑟夫瞥见了他。尽管隔着一段距离，但可以确定，那个衣衫褴褛的忧郁身影就是奔跑怪人，他正神经质地跳上跳下等红灯，如同焦躁的笼中困兽。约瑟夫挣扎着想要拔出腿来，可吸饱了水的沙子像水泥一样牢牢地粘住了他，鞋子里也灌满了水，向外拔脚时，他能感觉到鞋正从脚上一点点滑下去。约瑟夫无助地望向身后，交通灯变成了红色，奔跑怪人已经穿过马路，越来越近。约瑟夫已经能把他狂野的发型和瘦削的面孔看个一清二楚。情急之下，约瑟夫扳住膝盖向后拉扯，右腿终于从沙堆里慢慢退出来，最后猛地拔了出来，害得约瑟夫摔了一跤。他低头看看，脚上只剩一只污渍斑斑的湿袜子，鞋不知留在了沙堆深处什么地方。约瑟夫失望地抬起头，不由自主地轻轻惊叫了一声。他看到奔跑怪人正沿着阿什格罗夫大道朝这边走过来，两人之间的距离不超过一百米。

约瑟夫探过身，伸手在沙堆里一阵摸索，触到了那只鞋的鞋跟，不过里面全是湿沙子，再怎么用力也很难马上拿出来，只能一点一点生拉硬拽。约瑟夫再次狂躁地朝身后瞥去，奔跑怪人离他更近了……四十米……三十米……约瑟夫甚至能看清他疯狂转动的眼珠，两道恐怖的视线仿佛锁定目标的导弹，拼命想要和男孩的目光对接。约瑟夫只好集中全身的力量去拉那只鞋。他听见奔跑怪人拖曳的脚步声越来越近，恐惧如同病毒一样蔓延到全身。现在离我有多近？十米？五米？约瑟夫吓得头也不敢回。那是呼吸声吗？他是不是已经过来了？

这时，陷在沙堆里的鞋突然一下拔了出来，结成块的湿沙子溅到他脸上和眼睛里。约瑟夫怕得要命，抓起湿淋淋的鞋子，豁出去似的猛然转身，摇摇晃晃地朝人行道走去。沙子硌得眼珠生疼，他紧紧闭上眼睛。刚踏上人行道坚实的地面，他就像没头苍蝇一样撒腿跑起来，尽管他知道自己跑不过奔跑怪人。恐惧让他不由自主地耸起肩膀，伸长脖子，仿佛已然感觉到一双冰冷彻骨的手探向后颈。这双手到底什么时候会抓上来？什么时候？什么……

约瑟夫并没有等太久。只顾向前跑的他不知撞到了什么，那东西岿然不动，倒是撞得约瑟夫肺部的气流霍然喷出，脑袋也猛然向后甩去，双腿一软，眼看就要倒下去。这时，两条强壮的胳膊一把抱住他的后背，把他拖进了臂弯里。

“哇哦，约瑟夫！慢点儿，没事了，没事了，是我。”

耳边响起卡钦斯先生熟悉的声音，那双温暖而有力的臂膀让男孩松了一口气。约瑟夫把脸埋进卡钦斯先生的白围裙，嗅着杂货店特有的浓郁的香料味，突然再也忍耐不住，哭出了声。卡钦斯先生等男孩平静下来，然后握住他的肩膀，温柔地抚了抚背。

“现在没事了吧？给，拿我的手帕擦一擦。你今天放学晚了，我正担心呢，朝街角那边一看，刚好看见像是你。”

约瑟夫往街道另一头和教堂的方向看了看，奔跑怪人已经没了踪影。

“你好像惹了点小麻烦。别担心，到我店里收拾干净，免得你妈妈说你，好不好？”

约瑟夫抽抽鼻子，轻轻点了点头。卡钦斯先生似乎得到了鼓励，变得兴奋起来：“话说回来，你刚才到底在干什么？挖宝藏吗？”

约瑟夫转身指了指沙堆旁边那个银色的小东西。

卡钦斯先生眯起眼睛看过去，恍然大悟：“啊！是的，我看见啦。”

杂货店老板小心翼翼地绕过水坑，来到沙堆前蹲下，从沙子里捡起那个东西，又把眼镜推到鼻尖，眯起眼睛，越过镜框边缘，端详着手心里的小玩意。

“嘿，你知道吗，这是一枚古老的圣克利斯朵夫纪念章，他可是旅行者的主保圣人。拿着，它是你的了。不过你得保证，再也不要半路去淘金了，好吗？”

约瑟夫连忙保证。其实他并不喜欢探险。

回到店里，卡钦斯先生正要把约瑟夫领进柜台后面的房间清理污渍，突然瞥见戴维森夫人从马路对面走过来。

“啊哦，你妈妈来找你了，一定是看你还不回家担心了。面对现实吧，小伙子。”

这件事发生后，又过了很长时间，约瑟夫才重新鼓起勇气独自上下学，但他从未告诉母亲那天他遇到了奔跑怪人，卡钦斯先生显然也不清楚奔跑怪人在这件事中起了什么作用。旁人只知道，约瑟夫是因为腿陷进沙堆，鞋也掉了进去才会如此惊慌失措。

圣诞节时，男孩的父亲也听说了这件事，他难以置信地摇着头说：“被一点点沙子吓得不敢自己回家？老天爷，看来我们还是别去海滩度假了！”他想了想，又对约瑟夫的母亲说：“你也太惯着他了。”

约瑟夫不在乎父亲说什么，只是很感激卡钦斯先生把他从奔跑怪人的魔爪中救了出来，但他明白自己并没有真正摆脱他，这个像鬼一样的怪人还是在附近跑来跑去，让他越来越畏惧。

他屡屡不寒而栗地回想起卡钦斯先生到来前那绝望无助的几秒钟，想起脑后袭来的那阵诡异的怪风，以及粗糙的布料摩擦脸颊的可怕触感。这一切究竟是确有其事还是他幼稚的小脑袋里产生的幻觉？奔跑怪人当时是满不在乎地跑掉了吗？会不会根本就没注意到那个困在沙堆里的小男孩？

诸多疑问像泡泡一样挤满了约瑟夫的脑袋，不过，有一个问题犹如海面上的浮尸，带着对大海永远抹不掉的恐惧表情，令他后怕不已：假如当时卡钦斯先生不在场，奔跑怪人会做什么？这个无法回答的问题成为贯穿他童年噩梦的主线，常常将他从睡梦中吓醒。

现在这个男孩已经年满十四岁，用他父亲的话说，约瑟夫“几乎是个大人了”，然而小时候的噩梦却再一次找上了他。

与奔跑怪人有关的噩梦总是千篇一律，多年来不曾有过丝毫变化。在梦中，约瑟夫还是个小孩，独自在一条漫长蜿蜒、空无一人的马路上走着。四周的景物模糊不清，无非是些房屋、树木和栅栏，唯一清晰可见的是马路本身和两侧的人行道。男孩走着走着，周围的气氛突然变得诡异起来，光线也随之变暗，在路面投下浓重而扭曲的阴影。

约瑟夫转过身，一眼便看见了远处的奔跑怪人。虽然身上每一个细胞都在大喊“快跑”，但无论他怎么努力，速度总是越来越慢，背上的书包也越来越沉，向后拉扯他的肩膀，让他失去平衡，迈不动步子。经过一番痛苦的挣扎，他终于甩掉了书包，刚要跑起来，双腿却开始不听使唤，仿佛变成了僵硬的石头。

与此同时，奔跑怪人的身影越来越大，越靠越近。

约瑟夫觉得自己仿佛在黏稠的糖浆中拼命蠕动，脚抬不起来，腿每动一下都会疼，整个人似乎被胶水粘在了人行道上。一切都扭曲起来，人行道的水泥路面变成了厚厚的沙地，几乎无法把脚从里面拔出来，每当挣扎着跨出一步，总会陷得更深，最后沙子几乎没到了膝盖。他艰难而狂躁地向前挪动，手脚并用，下方的沙子不断崩塌，他一次又一次失去立足之地，几乎陷入了绝望。

就在这时，约瑟夫听到了奔跑怪人蹒跚的脚步和嘶哑的喘息声。

突然，男孩眼前出现了那枚圣克利斯朵夫纪念章，他觉得只要抓住这枚纪念章就能得救，可就在他伸手去够的时候，纪念章开始往沙子里陷，他绝望地向前扑去，但最后只有指尖略略扫过它冰冷的边缘，随后它便被沙子吞噬了。他拼命舞动双手，在沙子里挖呀挖呀，却始终一无所获。

奔跑怪人就在身后，约瑟夫彻底无助，他的骨头既像融化了，又像冻住了。他知道有两只大手正从后方伸向自己，或许已经悬停在他的脖颈后面。他必须转过身去。这只是一个梦，他不过是在做梦。尽管他明白这一点，但恐惧却如此真实，像一道阴影笼罩在头顶，将他包围，冰冷潮湿如同坟墓。他知道接下来该怎么做，除此之外别无选择。

于是，他鼓起所有残存的勇气，用力在流沙中扭动身体，转过脸去面对奔跑怪人……梦境到此戛然而止。

多年以后的这个夜晚，十四岁的约瑟夫想着汤姆·莱顿幽暗的面孔，迷迷糊糊地睡着了。他又一次做了同样的梦，像过去那样，在看清奔跑怪人的面容之前，就从噩梦中惊醒了。他一下子坐起来，全身发紧，呼吸微弱而急促，恍惚觉得自己又变成了小孩，直到四周的环境像拼图一样凑成熟悉的画面，昏暗却熟悉的室内陈设带来足够的安全感，他才回过神来。

床头柜上的闹钟显示已经凌晨两点了，约瑟夫扭过身去眺望窗外，莱顿家的房子透出一缕暗沉的灯光，那大概是汤姆·莱顿的房间。他正要躺回去睡觉，突然发现隔壁院子里有情况：垃圾焚化炉旁边那棵桑树后面，站着一个人。在他的注视下，那个人影慢慢走到了桑树前面，虽然月光只是模糊地勾勒出一点轮廓，但约瑟夫知道，他就是汤姆·莱顿。

约瑟夫缓缓靠到窗边，胳膊平放在窗台上，下巴抵着手腕，静静地观望。只见汤姆·莱顿把脑门贴在桑树上，趴在那里纹丝不动，人与树仿佛合为一体，约瑟夫差点以为那儿什么人也没有。不过，汤姆·莱顿最后还是像裂开的树皮那样慢吞吞地剥离了树干，向自家房子的方向挪了几步，来到焚化炉前面。

那是一个水泥砌的齐腰高的方盒子，外墙布满了闪电状的裂纹，其中一面墙的底部有个带格栅的小门，另一面墙破了一大块，内部已经塌陷。约瑟夫从没见谁用过这个炉子。汤姆·莱顿双手按在水泥方盒边缘，凝视着黑漆漆的炉膛，继续像刚才那样保持静止，黑魆魆的身影与焚化炉连在一起，就像一座由同一块石头刻出来的雕像。

约瑟夫略微抬起脑袋，身子往窗台上凑，想要听听外面有什么动静，就在这时，汤姆·莱顿突然仰起头来，直愣愣地望向夜空，约瑟夫急忙撤回身，躲进房间暗影的安全地带继续向外窥探。在夜幕中，汤姆·莱顿的脸仿佛是由深浅不一的阴影和长长的须发拼接而成，犹如一件诡异的缝纫作品。过了一会儿，汤姆·莱顿缓缓垂下高昂的头颅，但就在视线与约瑟夫的视线持平的那一刻，他突然停住了。虽然明白对方不可能看到自己，约瑟夫还是下意识地屏住了呼吸，觉得自己就像暴露在雪亮的探照灯下的逃犯。

终于，汤姆·莱顿转过脸去，缓缓穿过草坪，踏上台阶，消失在了黑暗的走廊里。约瑟夫听到门锁的碰撞声，看到汤姆·莱顿房里的灯光终于被黑暗吞噬，这才如释重负地吐了一口气，再一次躺回床上，脑袋里依然盘旋着关于那个神秘邻居的胡思乱想。

虽然约瑟夫感到不理解和困惑的地方有很多，但有一点他十分肯定：没有人能说服他选汤姆·莱顿做他的肖像画模特，包括卡罗琳在内，哪怕只是试一次也不行。

他明天就去告诉她。

4

第二天上午，约瑟夫被一阵低沉的交谈声吵醒，发现时间已经不早了。他朝窗外看去，看见母亲站在院子里，正隔着栅栏和卡罗琳·莱顿说话。从母亲脸上不失礼貌却相当为难的表情判断，她们谈的正是汤姆·莱顿做肖像画模特的事。他笃定地认为，假如母亲知道他昨晚做出的决定，肯定不会表现得如此紧张。

约瑟夫穿上衣服，整理好床铺，接着便听见母亲从后门进来，把买来的东西放在厨房的桌子上。他正打算出去告诉她不要为刚才的事情担心，莫索普夫人尖厉刺耳的嗓音突然响起，吓得他没敢轻举妄动。

“是我呀。有时间一起喝杯茶吗？你尽管收拾东西，我来烧水。”

戴维森夫人欣然同意，虽然语气略微有点紧张，但她的心情似乎并不坏。“好的，当然有时间，真是太好啦。”

“我刚才看见你和卡罗琳·莱顿说话来着，她平时话可没这么多。但愿不是什么坏消息。”

约瑟夫僵硬地站在原地。凡是邻里间发生的事情，就没有莫索普夫人注意不到的，他愤懑地想。约瑟夫总觉得她像某一种鸟，比如外表拘谨俗气却喜欢探头探脑的鹤，抻着又长又细的脖子四下里探听消息、捕风捉影。他曾经给莫索普夫人画过一张讽刺漫画，把她的面相描绘得十分刻薄，长着鸟喙般的长嘴。母亲不喜欢那幅画，认为他这样做才是真正的刻薄，父亲看了却哈哈大笑，还说这幅画惟妙惟肖，莫索普夫人就是不管什么事都要插一嘴，到处寻找汁鲜味美的八卦素材。

约瑟夫无奈地拿前额顶着墙。“上帝啊，请别再让她们议论汤姆·莱顿了。”他小声地自言自语道，然后听见母亲的声音：“不，没有的事。就是有点奇怪。”

“奇怪？”

约瑟夫皱起眉头。太迟了。他意识到莫索普夫人不再是无害的鹤，而是变身为掠食类猛禽，一旦察觉草丛中的异动，必定凶狠地睁大眼睛。她绝不会放过如此美味的猎物。

“其实也没什么，不过是个建议而已。”

“建议？她会提什么建议？平时根本不搭理别人，现在倒想着提什么建议！不管她怎么说，你肯定都不会爱听的吧。”

“不，别傻了，我没有不爱听，就是有点吃惊。”

“要是她冒犯了你，你就告诉我，我去给她讲讲我的人生建议。”

“不是那样的，没有你想的那么糟，真的。”

“好吧……虽然我不想打听你的事，可要是她说了跟我有关的话，我还是有权知道的。”

“不，完全与你无关……真的。”

莫索普夫人仔细研究着劳拉·戴维森的表情，直到确认对方没有骗她，这才作罢。

“不过，我对她还是不会改变看法，她那个哥哥可不是他们家唯一的怪人。”

“呃，其实这正是她想说的。”

勺子在茶杯里的搅拌声戛然而止。劳拉·戴维森这才意识到自己刚刚说了什么。只见莫索普夫人从容不迫地把茶勺放进洗碗池，转过身来，两眼放光，洋溢着热切的期待。

“她哥哥？汤姆·莱顿？她跟你说起了汤姆·莱顿？”

约瑟夫一屁股坐在床上，双手捧着脑袋。莫索普夫人显然已经锁定了猎物，准备下手了。

“真的没说什么，没什么要紧事。就是想让约瑟夫给她哥哥画肖像，他们昨天聊到了学校布置的美术作业。”

“约瑟夫给汤姆·莱顿画像！”

莫索普夫人一下子扑过来，劳拉·戴维森恍然觉得自己被一只猛兽追赶到了森林中的开阔地。

“只是个想法而已……”

“你不会同意了吧？千万不能答应啊！”

“我没表态。不过是个建议，当不得真，我们只是随便聊聊。其实我没必要告诉你这件事的，完全不值一提。”

杰拉尔丁·莫索普死死盯着年轻的邻居，用低到约瑟夫几乎听不清的声音斩钉截铁地说：“劳拉，你可能觉得我是个多管闲事的老傻瓜，不过，有些事我还是略知一二的，我也知道自己在说什么。虽然我不太了解卡罗琳·莱顿这个人，跟她也没什么接触，但我早就告诉过你，她那哥哥绝对坏得透透的。”

“什么？就因为那些蠢到家的谣言，因为不跟人来往，他就不是好人？”

“不，不是谣言，劳拉，是事实。他是做老师的，很多年前，后来怎么不教书了呢？告诉你吧，是被学校开除了，才教了不到一年。现在他妹妹又把他藏在家里，大门不出二门不迈，我想其中的原因不用猜你也知道，对不对？”

“我也听到过一些类似的说法，但你怎么能确定这是真的呢？有些人就是爱说长道短，还喜欢把别人想得很坏。”劳拉忽然意识到自己口不择言，赶忙住了嘴，面露尴尬。

莫索普夫人思索了片刻才开口，语气明显冷了下来："还有一些人不敢面对真相，只会逃避现实。我说这些都是为你好，也是为了约瑟夫好。就我和我信任的知情人士所知，汤姆·莱顿只做了几个月老师，表面上是主动辞职，但大家都明白，'主动'的意思就是别无选择。"

"可这也证明不了什么呀，不是吗？"劳拉也有些动摇了。

"这恰恰证明许多事都见不得光，只要是有脑子的家长，都不会让那个男人靠近他们的孩子，更不用说让孩子单独跟他相处了。"

"但卡罗琳说她会一直陪着他们的。"

这是约瑟夫第二次听到这句话，只是这一回听起来更没说服力。

"你相信她会一直在场吗？那可是她亲哥哥。她爱他，宁愿相信他已经改过自新了。但人是不会改变的，至少他那种人本性难移。等到哪天别人放下防备，他们就会突然从暗处蹿出来害人。"

约瑟夫知道母亲正在经历怎样的煎熬，知道她最不希望做的事就是赞同莫索普夫人狭隘的看法，但另一方面，她又担心对方说的可能是真的，或许现实正如莫索普夫人所描述的那样丑恶。所以，哪怕仅仅为了这一点，他也有充足的理由拒绝卡罗琳·莱顿的提议。

可莫索普夫人接下来说的话却让约瑟夫产生了全新的想法，甚至可以说，正是这些话无意中改变了他的人生方向。"哎呀，我到底在和你争论个什么劲儿呢！反正约瑟夫肯定不会答应的！他胆子小得对一只鹅都不敢嘘一声，更不用说自愿走进汤姆·莱顿的房间画什么画了！”

母亲的回应倒是干脆，却也更伤了约瑟夫的心：“没错，我想你是对的。”

每个人都说他性格太安静，太腼腆，并且将原因归咎于父亲的缺席，或是母亲的溺爱。大家总喜欢问约瑟夫“舌头是不是被猫吃了”。他痛恨这个问题，然而恨意只会让他更不自信，更加迷失在自己沉默的世界中。现在莫索普夫人和母亲竟然前所未有地达成了一致，以为他就是个懦弱的胆小鬼、脆弱不堪的可怜虫，绝不敢直接面对汤姆·莱顿。

还没来得及想好怎么办，约瑟夫便一把推开房门，转弯走进了厨房。“噢，你好，莫索普夫人。”

“你好，约瑟夫……”

没等她继续，约瑟夫便脱口而出：“妈妈，卡罗琳·莱顿是不是跟你说我有个肖像画作业？”

“是，是的。”母亲迟疑道，“她说，她提议让你画她哥哥。老实说，我还真吃了一惊。”

“我也是。”

“你怎么回答她的？”

“也没说什么……就是告诉她我要考虑一下。”

“但你不会真的同意吧，约瑟夫？”莫索普夫人按捺不住地插话道，“你不会真的考虑……”

就是这一刻，约瑟夫才弄明白自己想说什么。他从桌上堆积的食物里拣出一个苹果，咬了一大口，尽可能漫不经心地答道："为什么不呢？"然后溜溜达达出了厨房，走下后门的台阶，把母亲和惊讶得无言以对、目瞪口呆的莫索普夫人晾在了屋里。

踏出家门时，约瑟夫的内心交织着前所未有的满足和懊悔，这种矛盾感于他而言十分新奇。他不知道自己要去哪里，只好漫无目的地乱逛，最后在后院那棵大芒果树下的木头花架旁停住了脚步。他需要点时间来消化刚才发生的事。粗壮的芒果树枝在他的头顶摆出欢迎的姿态，这里是他小时候最喜欢的地方，但他已经有很多年没在这些友好的枝条下散步，置身于墨绿色树叶的怀抱中了。

尽管花架的木条空隙早已不能让他轻易把脚塞进去，甚至整个架子都会在他的体重压迫下颤抖，约瑟夫还是踩着花架，灵活地攀上低矮处的芒果树枝，爬到了树冠中央最凉爽的地方，在浓郁的绿叶和旁逸斜出的枝条遮蔽下，这里居然藏有一处开阔的空间。

约瑟夫舒舒服服地在一根树枝上坐下来，背靠着树干，外面的世界似乎不复存在。他小时候经常这样钻进芒果树里玩，假装自己是躲在丛林中的人猿泰山，或者是坐在桅杆上的海盗，还会爬到最高处的树枝上，透过树冠极目远眺，假装置身于老鹰的巢穴。

高大的树冠犹如大教堂的穹顶，约瑟夫小心翼翼地站起来，朝树中心最粗的枝干进发。攀爬总是容易的，因为随处都是可以放置手脚的枝条，可越是接近树顶，树枝就越纤细，他试探了几下，选出一根最结实的踩上去，在它断掉之前攀到了最高处。

约瑟夫向外望去，看到了自己家的房子，透过厨房炉灶上方的侧窗，可以看到莫索普夫人坐在桌旁，像往常一样滔滔不绝。想起刚才自己宣布要给汤姆·莱顿画肖像之后她脸上的表情，约瑟夫笑了起来。假如他没有临时改变主意，就欣赏不到如此精彩的一幕了。

越过屋顶，可以看到本街区的房子一直延伸到半圆形的绿色丘陵地带，连绵的山丘好似一条保护这个城郊住宅区的强壮手臂，一切看上去都充满了亲切和安全感。不过，当约瑟夫转向左边，顺着莱顿家的车库屋顶瞥到他们家那座大房子时，这种感觉转瞬间消失得无影无踪，整个世界都变得狰狞起来。他究竟为什么要答应给汤姆·莱顿画像？为什么改变主意？莫索普夫人不是已经发出过警告了吗？

这时，莱顿家传来了细小的动静，约瑟夫循声望去，发现房子的后门开着，卡罗琳·莱顿出现在门后的走廊里，站在某个房间门口，和里面的人说了几句话，然后转身消失在走廊尽头。过了一会儿，一个高个子人影从那间屋里走出来，约瑟夫注视着汤姆·莱顿沿着走廊摇摇晃晃往外走，靠在后门口向外张望，时不时端起手中的马克杯呷上一口。

虽然隔着挺远的距离，看不清细节，但约瑟夫发现，除了头发太长以外，汤姆·莱顿的长相其实很正常，一点都不吓人。他不禁开始怀疑自己先前的担心是否毫无根据，给汤姆·莱顿画像或许根本不是一件坏事。想到这里，他顿时感到轻松许多，不由自主地踮起脚尖，想要看得更清楚些。

突然，脚下传来树枝断裂的声音，约瑟夫应声朝下坠去，心脏像被电流击中般猛地一缩，脚踝和小腿在滑落时被杂乱的枝条刮了好几下，膝盖贴着树干重重地擦过，好在他下意识紧紧抓住了一根树枝，这才没有摔个嘴啃泥。

他小心翼翼地跳到下面一根粗树枝上，身体还在发抖，脚踝和小腿肚布满红色的划痕，一条细长的血流顺着小腿淌到脚跟，凝结成一滴血珠，无声地摔落在地面枯黄的树叶上。

伞盖般的大芒果树居高临下，无声地嘲笑着他。

5

周六终于来了，约瑟夫慢吞吞地穿过莱顿家宽敞的后院，走向那座古旧的木头房子。上周的事情历历在目，像一段剪辑蹩脚的视频，在他脑子里反复播放：莫索普夫人不赞同的皱眉，母亲几乎不加掩饰的担忧，卡罗琳感激的微笑，还有他自己与日俱增的恐惧，统统都跳了出来，试图争抢一席之地。

整整一周，他都翻来覆去地想象此情此景，它像鬼魂一样纠缠着他，在他所到之处投下恐怖的阴影，弄得他根本没心思上学，只想赶快完成与卡罗琳约定的会面，然后他就能如释重负地走下莱顿家的台阶，穿过同一块草坪，返回安全舒适的自家院落。当然，对于这件事的记忆恐怕要过很久才能淡忘，无法立刻将它抛诸脑后。

过去的一周，他曾设想过多少次离开汤姆·莱顿家的情景，约瑟夫已经记不清了，那一刻必定会感到前所未有的轻松，甚至不得不强忍住狂奔大笑的冲动。尽管万分向往那个时刻，但他现在必须面对现实，完成不得不完成的任务。尽管他估计最多一个小时就能搞定这件事，可一想到它就觉得不舒服。

真正的问题在于，他为什么要来，汤姆·莱顿不是他最怕见到的人吗？他虽然喜欢卡罗琳，但仅仅为了取悦她不足以说服他答应这个请求。至于母亲，假如约瑟夫表示拒绝，她肯定高兴都来不及。然而他现在却像个罪人一样被迫走上刑场，这一切都是他咎由自取。

“他胆子小得对一只鹅都不敢嘘一声。”莫索普夫人这句话是他难以抹除的苦涩回忆，他恨不得把它原封不动地丢还给她，还给每一个曾经这样说他的人。正因如此，虽然他知道一气之下同意为汤姆·莱顿画像可能非常幼稚，但这是他唯一能想到的报复这些人的办法。

约瑟夫在莱顿家的后门口迟疑了片刻，然后才踏着台阶走上门口的小平台，拧动门铃上的黄铜开关。房子里立刻响起了单调刺耳的铃声。他紧张地等待着，频繁地把带过来的画板和铅笔从一只手换到另一只手。

门开了，卡罗琳喜笑颜开地迎接他：“约瑟夫，你来啦，真准时！快进来。工具都拿来了吗？准备好创造杰作了吗？”

约瑟夫微笑着点点头，他看得出卡罗琳也很紧张，而且因为极力掩饰，反倒欲盖弥彰。

“快进来，我来帮你做准备。”

她领着他进了一条小走廊，经过走廊左侧的厨房，来到起居室。约瑟夫知道，走廊右侧的那个房间就是汤姆·莱顿的卧室。

“你想吃点什么吗？还是来杯果汁？”

“不用了，谢谢。”

“真的不用我给你拿点什么吗？那好吧，你先坐，我们来做准备，好吗？”

卡罗琳夸张的笑容几乎让她的面部有些扭曲，她的动作也有点过于仓促和急躁，似乎在担心要是不赶紧行动起来，约瑟夫就会撂挑子走人。她转身离开房间前，约瑟夫似乎看到她的眉头皱了起来。她顺着走廊走出去，在经过她哥哥房间门口时犹豫了一下，然后才朝厨房走去。

约瑟夫尴尬地坐进起居室那张铺着笨重坐垫的旧沙发，坐下的时候，垫子里的弹簧发出沉闷的回响。他把屁股挪到坚硬的座位边缘，在茶几上搁下自己的绘画用品。他能听见厨房里的响动。过了一会儿，卡罗琳端来一杯果汁和一碟奶油饼干，放在他面前，说：“我知道你什么都不想要，但万一饿了的话，可以来一点，好吗？”

约瑟夫喃喃地道了谢，意识到终于有事可做，连忙拿起一块饼干，抿了一口果汁。

“很好，这就对了。别着急，不会让你等很长时间的。”卡罗琳说完，依然站在那里看着约瑟夫，似乎不知道接下来该干什么。终于，她转过身去，第二次走出了起居室。

约瑟夫只要往沙发靠背的方向斜一下身子，就能看到走廊里汤姆·莱顿的房门，卡罗琳正站在紧闭的房间门口，脖子前倾，额头快要顶到门框，似乎在听里面的动静。她背对着约瑟夫，这让他因为偷窥而感到内疚。卡罗琳抬起右手，轻轻地敲了敲门，几乎与此同时，她顺势推门走进去，把门关上了。

房间里传来说话声，但约瑟夫一个字也听不清，突然，对话声戛然而止，他尴尬地握紧手中的玻璃杯，盯着汤姆·莱顿房门上的黄铜把手，不敢挪开眼睛。好在人声再次响起，音量也比刚才提高了一点。

约瑟夫捕捉到了卡罗琳的只言片语："已经来了……你就不能……为了我……"另一个低沉含混的声音响起时，他觉得自己的心沉了下去。事情有些不对劲。他们为什么要争论这么久？那个低沉的声音又在门后嘟囔起来，语气冰冷生硬，让约瑟夫十分不安。似乎还有另一个人也和他一样，希望这件事不了了之。约瑟夫整整一个礼拜都在苦苦思索，对于他给汤姆·莱顿画肖像这件事，他的母亲、卡罗琳和莫索普夫人都会怎么想，却从未设想过汤姆·莱顿的看法。那么，他的态度究竟是怎样的呢？

约瑟夫还没想出个所以然，房间里的说话声突然消失了，脑海中一下子冒出逃跑的念头，但很快被他打消了，毕竟非常幼稚和荒唐，况且为时已晚。走廊深处，那扇门上的黄铜把手发出吱吱嘎嘎的响声，然后转动起来。

门开到一半又停了，约瑟夫僵直地坐在那里动也不动。卡罗琳来到走廊，回头瞥了一眼房间里面，把头发朝耳后拢了拢，垂下眼帘，深吸一口气，慢慢关上门。她的脸上红一块白一块的。

她回到起居室，站在约瑟夫面前，看起来疲惫又挫败，像个屡屡被打倒的拳击手，开始怀疑自己一次次挣扎着站起来究竟值不值得。“约瑟夫……对不起。”她无精打采地拿指尖搓着前额，仿佛说出这些话耗尽了自己仅剩的一点力气。她顿了顿，有些生气地摇了摇头，继续道：“你把工具都带来了，可是……”再次迟疑了片刻，她下定决心，连珠炮般讲出了想说的话，“我哥哥今天没准备好，他不太舒服。这事最好还是算了吧。也许你该找别人当模特。非常抱歉，我们浪费了你的时间，对不起。”

如果放在平时，这些话会让约瑟夫高兴得蹦起来，可眼下它们于他而言不过是毫无意义的背景音，因为他的每一根神经都被尾随着卡罗琳走进房间的那个高大、沉默的身影攫住了——汤姆·莱顿就像个迟疑不决的幽灵，进退两难地站在起居室门口。

正要继续道歉的卡罗琳抬起头，看到男孩盯着她身后，立刻明白了，赶紧转过身，看着哥哥的脸，镇定地开口道：“约瑟夫，这是我哥哥汤姆。”她的语气平静自若，仿佛正在耐心地驯化一只行为难以预测的动物。

她的声音有些怪异，像幼儿园老师哄小朋友唱歌似的。她停顿了一会儿才继续说下去，仿佛在等听众消化她的话。

“汤姆，这是我们隔壁的邻居约瑟夫·戴维森。”

约瑟夫勉强地笑了笑，想说“你好”，话一出口却变成了沙哑含混的嘟囔。汤姆·莱顿依然站着不动，眼睛往约瑟夫这边瞟了瞟，犹豫片刻，又迅速收回了视线。

每当回忆起与汤姆·莱顿的初次见面，约瑟夫总会想起他这双眼睛，并非因为它们多么灵动活泛、流光溢彩，恰恰相反，这对眼珠死气沉沉、毫无生机。假如他进一步仔细观察，还会发现，汤姆·莱顿的眼睛是深绿色的，夹杂着暗金色的斑块，但在旁人看来，它们不过是火焰熄灭后虚弱的余烬，迟早被黑夜吞噬，最后彻底冷却。

由于起居室里的气氛实在尴尬，万分紧张的约瑟夫只对汤姆·莱顿留下了极为粗浅模糊的印象：松松垮垮的深色衣服，宽大的手掌，结实的前臂，淡茶色的须发和微红的脸庞。

长时间的沉默过后，卡罗琳终于意识到哥哥并不打算出声，就像发现自己不小心碰到了音乐的暂停键那样，她蓦然惊觉，重新按下了播放键。“好了，我猜你们两个都希望现在就开始，那就没必要继续站着浪费时间了，对不对？我看这个房间就很好，光线还不错，是吧？你觉得呢，约瑟夫？有什么不满意的尽管告诉我，毕竟你才是画家。”

“都挺好的。”约瑟夫喃喃地说。

“你坐在那边没问题吗？你确定？汤姆坐这里怎么样？这样可以吗？”

约瑟夫点头示意，卡罗琳拍了拍他对面那把沙发椅的扶手。

“汤姆，你愿意坐在这里吗？”

卡罗琳的语气有点紧张。汤姆·莱顿站着一动不动，就像新闻直播时信号延迟导致的静止画面。就在约瑟夫以为他永远不会有反应的时候，汤姆·莱顿突然朝他妹妹那边撩了一下眼皮，走过去坐了下来。

“好了，我就不打扰你们了，还要熨衣服呢。有什么需要随时喊我。”

与起居室相连的小饭厅里摆着一块熨衣板，卡罗琳走过去，在一大堆衣服里翻检起来。虽然看起来很忙碌，但她一有机会就往起居室这边瞥一眼。

约瑟夫低着头摆好铅笔，拿起速写簿，翻开新的一页，双手似乎变得异常笨重，连最简单的事都做不好。他慌慌张张地摸索着铅笔，把速写簿搁在腿上，无意识地揪扯着本子上的毛边，感觉有一双阴沉无神的眼睛始终在冷漠地注视着他紧张的表情和动作。

约瑟夫终于选出并削好了合适的铅笔，接下来只剩画画了，但要做到这一点，他必须抬起头来看着坐在一米开外的那个男人的脸。这种紧张到窒息的感觉就跟在学校里演讲一样，无论如何努力，他都没有勇气抬头面对那堵由人脸筑成的可怕的墙。

然而眼下别无选择，他今天就是来给汤姆·莱顿画像的，不看他怎么画呢？约瑟夫只好一只手用力按住空白的画纸，强迫自己的眼睛往上看……终于艰难地抬起了头。这时他才发觉，汤姆·莱顿并没有如他感觉的那样盯着他看，反而始终仰头配合他，仿佛知道约瑟夫需要看着他的脸，眼睛则依旧凝视着地毯。他很不自在地僵坐在那里，偶尔抬起手来轻轻挠一下络腮胡子，然后又乖乖放回膝盖上。虽然眼前这个男人很可能已经五十多岁了，那一刻，约瑟夫却觉得汤姆·莱顿像个小男孩，是跟他一样腼腆的同龄人，生怕别人注意到自己的犹豫和尴尬。

这是约瑟夫头一次真正近距离观察汤姆·莱顿。由于之前听过太多关于这个人毁容和畸形的夸张传言，所以当他清楚地看到，拒人于千里之外的汤姆·莱顿拥有端正的五官和坚毅的面孔时，不免吃了一惊。不难看出，他曾经是个英俊的男人，或许现在也算得上帅气，只不过因为经历太多而显得格外沧桑，也不在乎更多打击了。约瑟夫更加仔细地观察起了他的模特。汤姆·莱顿的长发打着淡茶色的波浪盖住了耳朵，灰白的络腮胡如同展开的折扇，成绺地铺在嘴边，夹杂着许多红棕色的毛发，仿佛大片的茶渍一般，半圆形的眼袋让他的眼睛看起来比妹妹的小，脸上透着一抹明显的淡红色。

约瑟夫正出神地端详着对方，汤姆·莱顿冷不丁抬眼瞥了过来，男人和男孩的视线短暂交汇，紧接着各自低下了头。汤姆·莱顿继续盯着褪色地毯上的那块污渍，约瑟夫则看着速写簿，手中的笔无意识地在纸上划来划去。

虽然已经开始作画，约瑟夫却总是走神，想起两人刚才的对视。当他凝视汤姆·莱顿无底洞般的眼睛时，惊讶地发现里面闪过一丝异样的情绪，尽管它很快又被惯常的冷漠和阴郁所淹没。假如汤姆·莱顿眼中呈现的是赤裸裸的仇恨或愤怒的火焰，甚至是某种酝酿已久、难以言说的罪恶，约瑟夫都不会感到如此意外，然而，对面这个男人眼中流露的却是截然不同的东西——恐惧，并且他惊讶地意识到，正是坐立不安的自己引发了对方的恐惧。

接下来便相安无事，之后回想起来，当时的记忆只剩一连串的声音——铅笔在硬挺的画纸上划过的沙沙声，卡罗琳的蒸汽熨斗喷出水雾的嘶嘶声，以及坐在他面前的男人偶尔焦躁不安地扭动身体的沉闷声响。

卡罗琳时不时会问些无伤大雅的问题，约瑟夫总能挤出几个含糊的字眼搪塞过去，然后整个房间又变得死气沉沉。汤姆·莱顿更是从头到尾一声不吭，对这场挣扎在沉默边缘的对话没有给予一丁点儿反应。约瑟夫一刻不停地画着，倒不是出于多大兴趣或热情，仅仅是为了有事可做，打发时间，然后尽快走人。

过了大约一个小时，约瑟夫完成了四张素描草稿，却并不急于开始第五张，因为汤姆·莱顿始终保持同一个姿势，想让这个一看就不好相处的模特动一动恐怕很难，而且他的眼神总是游离在外，约瑟夫很难捕捉到人物的性格，只能尽量抓住脸部的轮廓特点加以描摹。即便如此降低了难度，画作看起来还是心不在焉，毕竟画手本人也没有把心思放在创作上，只想简单应付一下，然后溜之大吉。

为了让卡罗琳意识到他该走了，约瑟夫开始动作夸张地不停翻动画稿，装模作样地这里添添，那里改改。

终于，卡罗琳乐呵呵地问道："全都完成了？"

约瑟夫点点头。

"我能看看吗？"

卡罗琳走进起居室，站到约瑟夫身后，把几张素描草稿浏览了一遍。"噢，很好，太棒了，约瑟夫，画得真好。"

但约瑟夫知道这些画并不算好，卡罗琳的夸奖听起来有点空洞，夹杂着些许失望。

“不过是些草稿，大致的草图。”

“我知道，但你确实画得很像，比如这里。你觉得呢，汤姆？”说着，她拎起其中一张，拿给哥哥看。

可是汤姆·莱顿纹丝不动，仿佛妹妹手中的素描是什么悬在半空的恐怖物件，气氛尴尬极了。过了一会儿，他才缓缓抬起眼睛，盯着那张潦草的人像，似乎在努力搜寻画面背后隐藏的含义。

“我们遇到了一位非常有才华的艺术家。”

汤姆·莱顿的视线从画面上匆匆扫过，似乎并不打算回应卡罗琳的赞叹。

她尴尬地笑了一声：“画得确实很像你，你不觉得吗？”

汤姆·莱顿略有迟疑，仿佛听不懂妹妹的问题，最后终于面无表情地说了四个字：“我不知道。”

这是约瑟夫第一次听到汤姆·莱顿的声音，犹如一块滚石，在房间里引发了隆隆的回响。

“好吧，就算你看不出来，我也能看出来。”卡罗琳得意地说，然后转过身，快活地问约瑟夫，“东西都收拾好了吗？就不多耽搁你的时间了，你妈妈也该着急了。”

约瑟夫如释重负，连忙收拾好工具，一种前所未有的轻松感渐渐充盈到全身。

“噢，差点忘了，如果你不介意的话，我这里有件东西，请你带给你妈妈。”

卡罗琳走进她刚才熨衣服的那个隔间，约瑟夫跟了过去，在门口等着，心中庆幸终于可以离汤姆·莱顿远一点了。

“这是我以前从你妈妈那里借来的裙子样板，现在用完了，替我谢谢你妈妈，告诉她这个非常好用，有时间我也会给她当模特的。”她咯咯笑道。约瑟夫不由自主地也朝她笑了笑。

他回到起居室，汤姆·莱顿已经不知去向，徒留一张空椅子。约瑟夫从卡罗琳的表情看出，哥哥的不告而别让她非常尴尬，正要解释一番，房子前门那边就响起了电话铃声。

“噢，我得去接一下，我一直在等这个电话。非常感谢你今天能来。你不知道这件事对我来说有多重要，对我们两个都很重要。”她急匆匆地补充道，“希望你没被吓着。”电话铃一个劲地响，似乎越来越不耐烦，卡罗琳无奈地笑了笑：“我就不送你了，你不介意自己出门吧？”

约瑟夫摇摇头，卡罗琳跑进走廊，就在即将走进某个房间之前，又回过头来温和地对他说：“约瑟夫，无论你接下来做出怎样的决定，都没有关系，好吗？”

约瑟夫沿着走廊朝后门走，发现汤姆·莱顿的房门是敞开的，他放慢脚步靠过去，偷偷往里瞥了一眼，只见窗户上挂着厚重的窗帘，最里头亮着一盏光线柔和的台灯。约瑟夫愣愣地站在门口，直到眼睛适应了昏暗的光线，才意识到汤姆·莱顿正背对着他坐在屋里，趴在一张书桌前，就着灯光，不知在聚精会神地研究些什么。

屋子里的陈设多半隐没在暗影中，没有什么好看的，于是约瑟夫继续朝后门迈了一步，谁知脚下的地板突然闷哼了一声，尽管声音微不可察，他还是吓得僵在原地。

房间深处，汤姆·莱顿蝙蝠一般幽暗的背影猛地转过身来。

虽然约瑟夫强忍惧意，没有吓得大喊大叫，但还是不由自主，结结巴巴地解释道："对不起，我，我不是故意……我就想回家。我不知道这里有人。对不起……"

房间里并没有传出应答，汤姆·莱顿身后的台灯微光闪烁，勾勒出他的头部轮廓，给他蓬乱的头发镀上一层光晕，但他的脸依旧留在阴影中，约瑟夫无从知晓那张面孔上的表情，只感觉汤姆·莱顿的呼吸声在周围的空气里弥漫渗透。

事后回想起来，约瑟夫才意识到，这一刻是他最后一次有机会走出汤姆·莱顿的生活，而事实上他并没有抓住这个机会，反而行差踏错，导致了后面一连串事件的发生，直到他和穿着黑衣的母亲坐在圣犹大教堂里，面对着一口填满死亡与秘密的棺材。

约瑟夫正要转身离开，发现汤姆·莱顿的手里拿着什么东西，就是他刚才在灯下仔细检视的物件。他现在终于看清，那是一只纸质鞋盒，盒盖搁在桌子上。约瑟夫隐约看出盖子上开了一些小洞，脑海中突然闪现出汤姆·莱顿那天晚上站在桑树下的画面。

"那盒子里是蚕吗？"

他也说不清自己为什么这样问，那不过是个转瞬即逝的念头。虽然明知这个问题未必会有回应，他还是在漫长的静默中等待着，越来越焦躁不安。然而，就在约瑟夫已经不抱希望的时候，暗影重重的房间深处发生了不为人知的变化，男人和男孩之间出现了一条看不见的细丝，以微妙的力量将两人维系在了一起。

汤姆·莱顿从椅子上转过身，把鞋盒放到桌上，拉过台灯，让灯光照着盒子，然后向左挪了挪椅子，脸朝约瑟夫这边歪了歪，显然在示意他过去。于是，约瑟夫第一次踏进了汤姆·莱顿的房间，慢慢地朝前走去，眼睛紧盯着照亮鞋盒和桌面的那一束光。

约瑟夫来到汤姆·莱顿身边，险些觉得自己被一个怪异的恶作剧要弄了，盒子里看起来空空如也，什么都没有，紧接着才发现，盒子的两侧和底部密密麻麻地布满了小小的卵。约瑟夫凑过去细看，这些深色的蚕卵更接近椭圆而不是正圆，看起来扁扁的，就像被逐个按过一遍，粘在了鞋盒里。

“它们能孵化吗？它们还活着吗？”

“是的。”汤姆·莱顿回答，这一次十分干脆。

“看上去好像死了。”约瑟夫自言自语地说，“你养了多久了？”

“从去年开始。”

约瑟夫难以置信地盯着这些貌似毫无生命迹象的小小蚕卵。尽管待在汤姆·莱顿身边让他不知所措，但他还是鼓起勇气再次问道：“你觉得它们什么时候能孵化？”

“很快……今天就能。”汤姆·莱顿直截了当地回答。

约瑟夫更紧张了，四围的墙壁仿佛朝他挤压过来，灯光下的鞋盒好像要把他往里吸，吸进那个死寂的空间，这个沉默无情的男人似乎也突然向他逼近。静默的时间越久，约瑟夫越觉得自己被困在了原地，简直像得了幽闭恐惧症。他知道是时候离开了，于是想要张嘴说话，然而首先听到的却是汤姆·莱顿沙哑的低语。

“别回来了。”

约瑟夫有点蒙。他不理解自己听到的话，甚至不确定自己是否听到了这句话。

“什么？抱歉，我……”

“别回来了。”

约瑟夫不知道自己心里究竟是什么感觉。他原本巴不得一走了之，远离汤姆·莱顿，然而不知怎么回事，这四个字像一记耳光，结结实实地刺痛了他。父亲离家前往布干维尔那天的情形突然涌上心头，他使劲挥开这些记忆，愤怒的泪水模糊了他的双眼。

只听汤姆·莱顿继续说道：“如果你不愿意，就别再来了。”他又顿了顿，似乎短短的几句话就耗尽了他的精神和注意力，“我知道我妹妹可能……很会说服人。”

这是汤姆·莱顿头一次没有压低声音说话，约瑟夫发现他的音调低沉饱满，透着令人诧异的温暖和力度。他扭头看着汤姆·莱顿，然而对方依旧面无表情，目光锁定鞋盒。

“你真觉得它们今天就能孵化吗？”

汤姆·莱顿抬头看着约瑟夫，书桌上的灯光照亮了他的半边脸，同时将另外半边隐藏在更为浓重的阴影中。

“是的。”

约瑟夫试图读懂男人脸上的表情，可还是什么都看不出来。

“我该走——”

“你能留下一张画吗？”汤姆·莱顿突然打断了他。他的声音清醒坚定，但也包含着掩饰不住的急切。

这个要求令约瑟夫始料未及，也让他蓦然惊觉自己手里依然拿着速写簿和铅笔。他很快从几张草稿中选出了最好的一幅，交给汤姆·莱顿。

“其实没有那么好。”看到汤姆·莱顿把肖像画拿到灯下，约瑟夫充满歉意地说。

“太粗糙了。”约瑟夫补充道。但汤姆·莱顿依旧看着画，露出像是在做梦的神情。

约瑟夫静静地等了一会儿，当他觉得这个男人应该不会再开口时，便转身走到了门边。

就在这时，身后传来沙哑的低语：“谢谢你。”

约瑟夫望着从后门照进走廊的阳光，既想赶快跑出去，回到那个自己熟悉的世界，又无法抗拒阴影中的汤姆·莱顿对他的吸引。

他没有回头，一只手按在门框上说：“我下次……可以摘点桑叶带过来……要是蚕卵孵化了的话。”

对方的答复充满犹豫，非常不自然：“好的……你可以……那么做。”

约瑟夫一步跨越两级台阶，跌跌撞撞地跑下莱顿家门口的旧木头楼梯，横穿草坪，经过摇摇欲坠的垃圾焚化炉和枝叶稀疏的桑树，来到栅栏边。他先把速写簿丢进自家院子里，然后两手撑着栏杆翻了过去，最后回头看了一眼汤姆·莱顿房间紧闭的窗帘。

种种疑虑如迷雾般萦绕心头。为什么要对汤姆·莱顿说什么“下一次”？他凭什么觉得汤姆·莱顿愿意让他再去？明知汤姆·莱顿是个把死透的蚕卵装进鞋盒很多年，每天都妄想它们会马上孵化的疯子，他为什么还敢自告奋勇，说下次要带桑叶过去？

约瑟夫把汤姆·莱顿的肖像草稿摆在书桌上，想起刚才母亲看到它们时说的那些鼓励的话，同时也想起她看到画中人肮脏邋遢的须发和冷淡漠然的面孔时眼中流露的犹疑。他明白妈妈非常想知道当天下午他与汤姆·莱顿见面的每一个细节，然而他只能回答“还不错”，“汤姆·莱顿话不多”。除此之外发生的事，他拿不准是否该告诉她。

他注视着面前的铅笔素描，试图寻求些许答案，可是一无所获。接着后门的台阶上传来脚步声，一个熟悉的声音说道：“我顺路过来看看……”

约瑟夫翻了个白眼，摇了摇头。他猜测莫索普夫人大概一直在街对面观察动静，发现他回家后便尾随而至，急不可耐地想要验证自己的怀疑——那个汤姆·莱顿的确是个恶心的变态，约瑟夫差点就没逃出他的魔掌。想到接下来她会如何大失所望，约瑟夫不由得冲自己笑了笑。然而，他自己又真正对汤姆·莱顿了解多少？他再次审视桌上的素描，它们不过是些粗糙的线条和毫无实质的形状，而真实的汤姆·莱顿显然不止如此，约瑟夫目睹过他眼中一闪而过的愤怒、捧着养蚕盒子的强壮双手，听到过他掩藏在冷酷语调下的浑厚饱满的嗓音。

卡罗琳夸他画得很像汤姆·莱顿，可即使每根线条都称得上完美，长度、角度、位置和形状都精准合宜，难道就能准确地描绘出一个人的真实面貌吗？

假如莫索普夫人是世界上最伟大的画家，她又会如何在纸上重现汤姆·莱顿？最后画出来的会是真实的他还是她想象中的他？

正如以前的美术老师德-格鲁特先生展示过的早期移民澳大利亚的欧洲人创作的油画，他们笔下的风景像极了英国的乡村，袋鼠看起来就像巨大的野兔。创作者画下的究竟是他们看到的现实，还是他们认为自己看到的东西，抑或是他们想要看到的东西？

这是德-格鲁特先生最喜欢探讨的话题之一。“为了画出你所看到的东西，你必须真正看到你画了什么！”他经常这样大声告诫学生，同时竖起一根手指，在半空中摇来晃去，眼神疯狂地扫视全班，粗硬的眉毛用力挑起，活像两个感叹号，脑袋上下颤动，对自己的宣告颔首赞同。

“谁才能画出真正的树？是只知道用眼睛看树的画家，还是曾经坐在树荫下、嗅到过树上的花香、感受过揉碎的树叶黏稠的汁液流过皮肤、爬到过树枝上面、用小腿摩擦过树皮的画家？”

讲到这里，德-格鲁特先生通常略作停顿，噘起下嘴唇，皱起浓密的眉毛，仿佛被自己提出的问题难住了。等到卖足了关子、充分强调了问题的重要性之后，他便热情洋溢地继续启发学生们："这两位画家或许都掌握了纯熟的技巧，然而，第一个画家只能画出大家眼中的树，但第二个……第二个画家画出的将是只有他自己才能看到的树。可是这两个人里，"他会得意扬扬地如此总结，"只有一个能画出真正的树，你们觉得会是谁呢？"

约瑟夫怀疑过老师这个理论的正确性，他记得当时也有不少同学提出了反对意见。针对大家的反驳，德-格鲁特老师举了许多艺术大师的例子论证自己的观点，比如达·芬奇和米开朗基罗，为了准确描绘和雕塑人体，他们细致地钻研过解剖学知识。"为了画出或者雕刻出人体的外部形状，也就是表面的东西，他们必须了解表皮之下的结构。虽然他们的工作看来只是用炭笔或凿子刻画出人体的曲线，但他们必须去思考和感受那些赋予人体生命的肌肉、筋腱和血管，理解它们的运作方式！"

这节美术课快要结束时，一个大胆的男孩站起来提问："老师，为了成为伟大的艺术家，我们现在可以去外面爬树吗？"德-格鲁特先生闻言瞪大了双眼，梗着脖子咆哮道："为什么不行？当然可以！别忘了带上铅笔和本子！来吧，我倒要瞧瞧，谁能真正看到一棵树！"紧接着全班同学就吵吵嚷嚷地冲出了教室。

约瑟夫的回忆被外面传来的一阵逐渐激动的谈话声打断，虽然听不清完整的句子，但他可以分辨出其中的只言片语，比如"去一次就够糟糕了"，还有"彻底疯了"，根据这些零散的碎片，完全可以推断出莫索普夫人和他母亲正在争论什么。

显然，莫索普夫人对于汤姆·莱顿的强烈好奇没有得到满足，而且她老生常谈的警告又一次没有得到对方的重视，为此她感到愤愤不平。争论持续了一会儿之后，外面传来拖动椅子和鞋底摩擦地板的声音，接着他便听到起身欲走的莫索普夫人不甘心地撂下了狠话："一个人是不会平白无故闭门不出的，劳拉，这难道还不清楚吗？只是你不愿意承认罢了。"

听见莫索普夫人脚步有力地走下台阶，约瑟夫在椅子上拧过身，抻着脖子朝外望去，她走得实在太快，他只来得及看到她草帽的帽顶上下浮动。约瑟夫转回桌前，继续面对眼前的三幅素描，他把其中两张挪到一边，若有所思地盯着第三张看了一会儿，拿起铅笔，改动了一下画中人的眼睛，把原先的垂眸改成平视前方，又把瞳孔涂黑，变成两个暗色的圆点，然后用更粗重的线条盖住原先的描画。修改完毕，他拿图钉把它固定在书桌上方的软木记事板上，靠着椅背打量画中汤姆·莱顿的脸，不过，这家伙还是面无表情地与他对视，仿佛戴着一张冷硬的面具。

约瑟夫知道，自己并没有画出真正的汤姆·莱顿。真实的他依然潜伏在某处，远比肌肉、筋腱、血管和骨骼埋藏得还要深，也许就在他那双阴郁的眼睛后面，被他紧紧包裹在沉默而孤独的蚕茧中。

6

距离本学期结束只剩下短短两周，各种考试和作业接踵而来，过了整整一个星期，约瑟夫才和汤姆·莱顿又见了面。得知约瑟夫决定继续给哥哥画像时，卡罗琳完全无法控制自己的喜悦，立刻跟他约定了下一次拜访的时间——下周日下午，约瑟夫放假前只有这一天有空。

卡罗琳再一次兴高采烈地欢迎了约瑟夫，而且看起来比上一次放松许多。“快进来，汤姆要给你看点东西。噢，还有，我觉得你可能得把那些画改一改了。”她有些歉意地笑了笑。

约瑟夫跟着卡罗琳走进她哥哥的房间。

“汤姆，约瑟夫来了。”她轻声说。

汤姆·莱顿依然坐在书桌前，就像上周约瑟夫离开时看到的那样，仿佛一切都没有变化。然而，当他慢慢转过身来的时候，约瑟夫意识到其实并非如此。

“你觉得怎么样？我是不是可以改行了？不怎么样？好吧，我的美发师梦算是破灭了，不能给明星做头发了。”

汤姆·莱顿显然理过了发，修剪后的头发整齐地梳到脑后，扎成了辫子，胡子也剃短了，变成了棕红和灰白相间的浓密短须，上唇的髭须也修剪得利落许多。虽然还是同一张脸，冷硬如同石像，充满神秘气息，但须发的改动使它焕然一新，让约瑟夫联想到蜥蜴蜕皮。

“希望这不会对你的肖像画造成太大影响。理发已经成了我们家多年来的仪式。”

约瑟夫不解地看着卡罗琳，她连忙补充道："蚕卵孵化时，汤姆总要把头发和胡子修一下。"

虽然妹妹一直在提他，汤姆·莱顿却始终愁眉苦脸地坐在那里，盯着地板，似乎无法忍受别人注意自己。一直等到卡罗琳解释完，他才转过身去看着桌上的鞋盒。约瑟夫也凑了过去，只见盒子里足有几百条黑色的小虫，正在被啃剩的半片桑叶上不停地蠕动，连仅存的这一半叶片也几乎被吃得只剩下了脉络，纸盒内侧还粘着一些破碎的乳白色空卵壳。

"没想到真的能孵化，它们上次看起来明明已经死了。"约瑟夫老实承认。

汤姆·莱顿没有动，继续盯着盒子里那些蠕动的小生物。

"不过我带了这个。"约瑟夫说着，把手伸进装画具的棉布袋子里，掏出一把暗色脉络的大桑叶。

汤姆·莱顿终于从蚕宝宝身上挪开了眼，凝视着约瑟夫手中的桑叶，仿佛头一回见到这种东西，约瑟夫只能尴尬地一直擎着手掌。

"太好了，迟早会派上用场的。这些小东西总是一副吃不饱的样子，喂再多也能吃得下去。"卡罗琳的声音在约瑟夫背后响起，吓得他轻轻哆嗦了一下。他几乎忘了她一直站在身后，但愿她没有注意到自己的惊慌。卡罗琳又轻轻地把手搭在约瑟夫肩膀上，向前探着身子，对她哥哥说："汤姆，也许约瑟夫可以先帮你换上新的桑叶，然后你们再去画画。你愿意吗，约瑟夫？"

约瑟夫点点头。

卡罗琳转向她哥哥，有点紧张地问：“汤姆？”

汤姆·莱顿如梦初醒般猛然抬起头，与妹妹的目光交会，没等约瑟夫读懂他脸上一闪而过的情绪，他又变回了冷硬的石雕。刚才那个表情是愤怒，还是恐慌、害怕，抑或是三者都有？不知怎的，他让约瑟夫想起即将被车撞到的动物，在雪亮的车头灯照射下，眼神既惊恐又无助，还透着愤怒与听天由命。这时，汤姆·莱顿缓缓伸出两只宽大的手掌，约瑟夫连忙把桑叶递了过去。

“我得去多拿几个盒子。”他面无表情地说，然后站起来，默默地离开了房间。

看到汤姆出了门，卡罗琳似乎终于摆脱了沉重的枷锁，一下子来了精神：“太好了，约瑟夫，你可以坐这个凳子。我们把这儿弄得亮堂点，怎么样？”

她拉开遮着双扇窗的沉重布帘，明亮的光线立刻涌了进来，窗外，莱顿家的大院子一览无余，约瑟夫还能看到院子对面自己家的房子，还有他卧室外墙上那一大排窗户。莱顿家的房子正对着亚瑟街，从这个角度望过去，褪色的红瓦屋顶正后方便是云雾缭绕的绿色山丘，房屋与山丘之间是掩映在大片绿荫中的大街小巷和各色建筑。约瑟夫不禁暗想，假如去掉山丘这道屏障，眼前的景色又会变成什么样子？最后还是卡罗琳的声音让他回过神来。

“这样好多了。随便坐，我去做点小圆饼，怎么样？很好吃的。”她指着走廊说，“如果有事可以去厨房找我，好吗？”

约瑟夫可以从自己现在站的地方看到厨房，他知道卡罗琳是在向他保证，她不会真的让他落单。

“汤姆很快就回来了。你应该也饿了吧？我做的小圆饼可是远近闻名，大家都很佩服呢。”

卡罗琳·莱顿脸上的微笑仿佛在告诉约瑟夫，一切都很好，很正常，没有什么可担心的。假如没有看到她随后下意识地往她哥哥先前消失的黑暗角落紧张地瞥了一眼的话，他一定会对这个微笑的含义坚信不疑。

卡罗琳离开后，约瑟夫开始观察汤姆·莱顿的房间。窗帘拉开后，室内变得非常明亮，先前所有模糊的轮廓和阴影全都消失了。原来，这个房间是个狭长的矩形，地上铺着一块花卉图案的绿色旧地毯，地毯中央磨损得最厉害，露出了棕色的内衬，墙上什么都没有，呈现出一种难以描述的淡褐色。

双扇窗的下方有个铺着软垫的座位，窗户对面靠墙放着一张床，收拾得很整齐，床尾摆了个大柜子。右边的角落里是两个书柜，不过里面没有书，只有一些旧报纸。

房间正对门的那一头是汤姆·莱顿的书桌，书桌上方有一扇装着拉帘的小窗。桌上摆着养蚕的鞋盒、一盏台灯和一台小收音机，还有一只盛着钢笔和铅笔之类文具的托盘，窗户右侧的墙上挂着块软木记事板。

约瑟夫走到书桌前，拉起小窗上的帘子，望向亚瑟街对面那排房屋，远看很像纸盒子，莫索普夫人的家就在其中，她还有一座收拾得井井有条的花园。再远一点是只有一条腿的贾德先生的家，跟往常一样，贾德先生正皱着眉头，站在大门口最高的那级台阶上抽烟。

约瑟夫放下帘子，扭头去看墙上的记事板。上面用图钉钉着他留给汤姆·莱顿的那幅素描，一张日历，还有一张泛黄的纸，上面写了几句诗。除此之外还有一小块硬卡纸，上面缠着一根细细的蚕丝；两张黑白图片，像是从书本上复印下来的。

这两张图片引起了约瑟夫的注意。他认出比较大的那幅是埃舍尔[1]的画作，虽然没见过这幅画，但他在美术课上见过风格类似的埃舍尔作品。汤姆·莱顿记事板上的这幅画，描绘了一个由许多黑白色块组成的球体，越是靠近边缘的色块越小，给人造成一种球面的错觉。球面中心是六个面积最大的色块，三块黑色，三块白色，组成一个圆形，黑色块就像展开双翅的蝙蝠状魔鬼，白色块则恰好填满黑色块之间的空隙，是双手合十正在祷告的天使，身后环绕着巨大的羽翼。

约瑟夫看得入迷，觉得这些魔鬼和天使仿佛在竞相争夺他的注意力。当他凝视天使时，魔鬼则隐藏在背景之中；当他的视线从白色块移到黑色块时，则只能看到魔鬼。但同时，天使与魔鬼又相互依存，谁也离不开谁，天使之间的空隙是魔鬼，魔鬼之间的空隙则为天使的存在提供了空间。

第二张图看起来像故事插画。画上有个男人趴在池塘边，伸着一条胳膊，手搭在画面前景的一块石头上，他身材魁梧，肌肉发达，正在低头凝视静止的水面，后颈上的骨节明显往外

1. 埃舍尔（M. C. Escher，1898—1972）：荷兰版画艺术家，作品因包含对称、密铺平面、双曲几何和多面体等数学概念的形象表达，成为许多数学家的研究对象。代表作有《画廊》《瀑布》《上升与下降》等。

凸出。约瑟夫很喜欢这幅画的构图，画家选取了俯视的角度描绘这个趴在水边的男人，因此人们看不到他的正脸，然而水中却有他的倒影。他似乎被水中的景象迷住了，仿佛是第一次在水里看到自己的模样。如同画中人那样，约瑟夫也不由自主地凝视起水中的倒影，漆黑的水面上，那张倒过来的人脸也瞪大了眼睛，惊恐地凝视着他。

他向前走了几步，凑近了端详画面的细节，肌肉的曲线与阴影、表现水面的细致线条以及鬼魅骷髅般的人脸倒影都变得清晰起来。这幅作品无论技巧还是感染力都十分震撼人心，而且还具有一种约瑟夫说不清道不明的特质，让他对收藏这幅画的那个男人产生了更浓厚的兴趣。

“你喜欢吗？”

约瑟夫慌忙转身，只见汤姆·莱顿像一块巨石矗立在他身后，双手捧着三个鞋盒。

“是的……我……它很棒。”他结结巴巴地回答，拼命保持镇定，“这个人是谁？是故事里的人物吗？”

“弗兰肯斯坦。”

“弗兰肯斯坦？”约瑟夫觉得难以置信，转身看着那幅画，皱起了眉头，“这是弗兰肯斯坦？”

“这是弗兰肯斯坦制造的怪物。弗兰肯斯坦是制造他的科学家。”

约瑟夫更加仔细地审视画中人，跟他以前见过的弗兰肯斯坦都不一样，身上没有疤痕，也没有螺丝，没有摆出机器人的奇怪姿态，既不疯狂也不扭曲。

"他看起来就像个普通人。"

男人没有作声，约瑟夫只觉得背后阴森森的。终于，汤姆·莱顿开口了，他的话宛如冰冷沉重的土块砸进了墓坑。

"大多数怪物看起来都像普通人。"

汤姆·莱顿把鞋盒放在书桌上，拖出椅子坐了下来，他刚才说的那句话一直在约瑟夫的耳边回响。在男孩的注视下，汤姆·莱顿抓起他带来的桑叶，往每个鞋盒里撒了一些，然后拉开抽屉，取出一支细笔刷。

汤姆·莱顿小心地从原来的鞋盒里拿出一片桑叶，放进一个新鞋盒里，用笔刷把蚕的幼虫轻轻推到新鲜的桑叶上。约瑟夫向前凑了凑，看到那双大手笨拙地试图保护每一只脆弱的幼虫，他前所未有地从汤姆·莱顿身上寻觅到了些许平静。汤姆·莱顿似乎暂时忘记了男孩的存在，专注于帮助一只又一只蚕宝宝搬进新家。

搬完三分之一的幼蚕，第一个新鞋盒基本满员了。汤姆·莱顿站起来换鞋盒，突然愣了一会儿，好像忘记自己在干什么似的，然后又坐回椅子上，把笔刷递给约瑟夫。

随后两人交换了位置，约瑟夫开始紧张地学着汤姆·莱顿的样子搬运幼蚕。起初他的手一直在抖，约瑟夫觉得很尴尬，又怕不小心伤害了这些小生灵，但随着越来越多的蚕宝宝在绿叶上找到了安全的居所，他逐渐放松下来，投入到手头的活计中。因为想知道汤姆·莱顿是否认同他的操作手法，其间约瑟夫抬过一次头，却发现对方并没有看他搬运幼蚕的动作，而是盯着他的脸，似乎已经研究了好一阵子。

“是这样弄吗？”约瑟夫问，强压住心中的不自在。

“是的。”汤姆·莱顿干巴巴地回答。他拿过约瑟夫装好幼蚕的第二个鞋盒，把最后一个新盒子递给他。

想到刚才汤姆·莱顿一直在盯着自己，约瑟夫万分紧张。他把最后半片桑叶上的幼蚕移动到新家之后，将第三个鞋盒跟另外两个摆在了一起。汤姆·莱顿又检视了一遍旧鞋盒，才把它拿到外面去。过了一会儿，约瑟夫听见厨房里传来说话声，随后，汤姆·莱顿回到房间，卡罗琳也跟着来了。

“蚕宝宝的新家都布置好了吗？真不错。你很快就要成为养蚕专家了，约瑟夫，可不能丢下它们不管哦。”卡罗琳顿了顿，以示强调，“它们会反击的哦。”

不出她所料，约瑟夫和汤姆·莱顿一个没什么太大反应，一个完全无动于衷。卡罗琳已经习惯了这种场面，满不在乎地继续说：“既然都收拾好了，我猜你们现在也许更愿意在这里画画，怎么样？约瑟夫，你可以背光坐在窗下，汤姆坐在床上，听起来还不错吧？”

两个人无声地表示同意——约瑟夫点点头，汤姆·莱顿默默走到床边。

“行了，你们两个，废话少说，开始画画吧，好吗？”

汤姆·莱顿阴郁地看着妹妹，约瑟夫尴尬得脸都红了。

“好了……我就在厨房里，”卡罗琳勉强笑了笑，扫了哥哥和约瑟夫一眼，用几乎被浇灭的热情说，“小圆饼很快就好。”

她离开房间后，第一次写生时那种紧张的气氛又回来了，这一次甚至更为强烈。尽管卡罗琳就在不远处，约瑟夫还是觉得待在汤姆·莱顿旁边压抑得令人窒息。假如他能全神贯注地作画，沉浸在创作的乐趣中，那倒还可以忍受，可由于对写生对象缺乏了解，这些勉强画出的单调线条毫无灵魂可言，仅仅是表面的东西，完全无法激发他的兴趣和灵感。除了清楚对方叫汤姆·莱顿，他根本不知道自己究竟在画什么。

过了二十分钟，笔尖摩擦纸面的沙沙声停止了，约瑟夫看着速写簿上毫无生命力的形象，更加清醒地意识到，不能再这样继续下去，想要画好汤姆·莱顿，必须突破表象，看清这个男人的真实面目。至于会在表面之下看到什么，约瑟夫说不准，是不是有些问题最好不去回答，有些谜题也完全没有解决的必要？

这个问题有点儿奇怪。过去都是别人试图让他开口说话，促使他表现自我，“从壳里出来”是莫索普夫人最喜欢的比喻，现在却轮到约瑟夫尝试撬开汤姆·莱顿的壳，打破对方的沉默，然而成功的希望非常渺茫，只能抓住仅剩的一点线索与他沟通。

“你多久给它们换一次桑叶？”

沉默压抑的气氛中，约瑟夫的声音听起来弱弱的，极不自然。

汤姆·莱顿抬起头，迟疑了一下才回答：“每天一次，每次都多放一点。”

“它们什么时候才能长大，能吐丝做茧？”

“六周，也许七周。”

“蛾子什么时候出来呢？”

“再过一个星期左右。”

“你是怎么知道蚕卵快要孵化的？”

“两个星期就能孵化。”

“可是你说你去年就把它们弄来了。”

“是的。”

约瑟夫困惑地皱起眉头：“但既然你去年就开始养了，它们怎么现在才孵化呢？不是只要两个星期吗？”

这时候汤姆·莱顿的应答已经变得十分简短，好像将死之人在口述遗言，只在被约瑟夫逼问得没办法时才勉强解释一下，身体也极为不安地在床上扭动。“把它们放进冰箱，保持低温，春天再拿出来，两个星期就孵化了。”

“可我当时确定它们已经死了。”

汤姆·莱顿微微眯了眯眼，接下来说的话像大石头一样朝约瑟夫砸了过来：“如果你真这么想，为什么还要带桑叶过来？”

约瑟夫意识到自己可能说错了话或做了傻事，更紧张了。“我、我也不知道，”他老实回答，“你、你不是说它们会孵化吗？”

房间里再次安静下来，约瑟夫觉得汤姆·莱顿仿佛已经灵魂出窍了，他只能孤注一掷，尝试用另一个问题打破沉默：“桑树上有蚕吗？”

汤姆·莱顿朝约瑟夫瞟了一眼，似乎被这个问题惊了一下，又好像害怕落入提问者设下的陷阱似的，谨慎地答道：“没有。”

“为什么没有？”

“它们会死。”

“怎么会？”

“因为它们习惯了驯养。”

约瑟夫面有疑色地与他对视。

汤姆·莱顿慢吞吞地补充道：“它们已经被驯养了好几百年，在中国。它们在野外是活不下去的，外面的气候，天敌什么的……它们必须住在盒子里，不然会死。”

“它们从来没跑出去试试吗？”

“没有。”

“为什么不呢？”

“它们不知道还可以跑出去。”

约瑟夫以前见过蚕，确实都待在盒子里，但他从没想过，这些蚕除了待在盒子里别无他选。当他终于把心里的想法说出来时，声音大得连他自己都吓了一跳。

“这么说，它们一辈子都住在盒子里？”

约瑟夫抬起头，发现男人正专注地盯着他。

“你说什么？”汤姆·莱顿的语气听起来相当克制，如同一根绷紧的绳子。

约瑟夫忽然觉得整个人直线往下坠落，心却猛地提到了嗓子眼。他刚才到底在说什么？他战战兢兢地重新组织了一下语言：“我是说蚕……我是说，它们会在盒子里待一辈子。”

汤姆·莱顿凝视着约瑟夫的脸，似乎想要探寻男孩的言外之意，却只看到一脸迷茫，紧皱的眉头这才渐渐松弛下来。

“这句话是一首诗里面的。”他平静地说。

约瑟夫脸上的担忧消退了一点，但依然很困惑。

“你刚才说的……出自一首诗，那边那首。”

约瑟夫顺着汤姆·莱顿示意的方向望过去，看到了记事板上那张泛黄的纸，他迟疑地站起来，走了过去。纸的一角被他画的素描挡住了，但依然可以看到诗的标题是《蚕》，还有其中的一两句。由于年深日久，打印的墨迹都褪了色。“一生……都住在盒子里……”念到这里，他回头朝汤姆·莱顿尴尬地笑笑，然而对方无动于衷，他只好继续念下去：

一生都住在盒子里！世世代代。
几百年的温和驯化，并非有意残忍，
只为取其劳作而教以忍耐，
任凭……

约瑟夫探身向前，想看清后面的字，但墙角光线偏暗，字迹难以辨认，他只好小心地掀起肖像素描的一角。没等他继续往下念，房间里就响起了宣读祷文般的背诵声：

任凭日光摩挲黑宝石般的眼睛，
月光掀动轻盈的翅膀，
它们依然不为所动，
鬼魅般蛰伏于暗影之中。

约瑟夫回头去看汤姆·莱顿，只见他望着窗外，苍白的脸在阳光照射下闪闪发亮，眼睛眯着，似乎在注视一件只有他自己才能看到的东西。接下来他的语调变得忧伤又疏离：

看哪，这个盒子犹如孩童的玩物！甚至没有盖。
它们可以爬，可以飞，
整个世界都是它们的大树；
可是它们自言自语，
我们身陷囹圄。

汤姆·莱顿低下头，声音由于情绪激动而颤抖：

没有人告诉它们，
何为自由；
它们也并不自由，
祖先的声音，
在风和语无法渗透的睡梦中，
将它们紧紧束缚。

约瑟夫被汤姆·莱顿的声音迷住了，它似乎带着魔法，在整个房间里回旋激荡，为这些他从未听说过的词句赋予了生命和温度。

“后面还有吗？”

汤姆·莱顿没有抬眼看他，只是微微点了点头，似乎并不打算继续背下去。他再一次陷入沉默，就像被流沙吞噬的可怜虫，深知挣扎无济于事。约瑟夫无奈地看着他渐行渐远，不甘心就此作罢，决定最后再试一次："那你为什么要躲在盒子里呢？"

这个问题像一头破笼而出的野兽冲进房间。汤姆·莱顿彻底呆住，仿佛连呼吸都没有了。他机械地转过身来，直视约瑟夫的脸。一阵微风吹进来，微微掀起了厚重的窗帘。约瑟夫被汤姆·莱顿的凝视钉在原地，无法动弹。当他望向对方黯淡的眼睛时，却在里面寻到了一丝微弱的生机，如同在岩层中发现了化石。

汤姆·莱顿飞快地低头瞥了一眼自己的手，然后继续转向约瑟夫，下巴侧面的肌肉鼓了起来，用力闭了闭眼，仿佛只有这样才能说出接下来要说的话。他又看了约瑟夫一眼，深吸一口气，指尖搔了搔下巴，慢慢张开了嘴。

"好吃的来啦！你们不休息一下吗？"

约瑟夫猛然抬头，卡罗琳端着一大盘散发着香甜气味的小圆饼，正冲他咧着嘴笑。

等他回转过身，汤姆·莱顿又恢复了面无表情的常态，犹如沉默的远古石像。

卡罗琳和约瑟夫边吃边聊起了肖像画，汤姆·莱顿安静地坐在她身边。吃完小圆饼，约瑟夫立刻自告奋勇去刷盘子，卡罗琳察觉到他急于离开这个房间，便同意了。

在厨房磨蹭了老半天，约瑟夫才不情愿地回到房间。汤姆·莱顿正坐在书桌前看鞋盒里的蚕，听见约瑟夫进来，便朝男孩这边微微偏了偏头，但没把脸转过来。“我累了，”他生硬地说，“我们今天就到这里，好吗？”

“好的……没、没关系。”

约瑟夫努力想要表现得漫不经心，但当他看到汤姆·莱顿慢慢地转过身去，继续面对那几个鞋盒时，心中突然前所未有地觉得空落落的。他愣愣地站了几秒钟，这才收拾好画具，走到门口又停下来回头看。他想说“再见”，可对于那个坐在书桌前雕像般一动不动的人来说，他或许已经离开了。

约瑟夫迅速往房间里扫了一眼，突然发现了异样：墙上的记事板空出来一大块，他画的素描不见了。但他很快就找到了，它正倒扣在书桌上，一个角被汤姆·莱顿的胳膊肘压着。约瑟夫离开房间，向卡罗琳解释了他突然离开的原因。她的眼神疲惫又无奈，但还是微笑着站在门口跟约瑟夫挥手告别。

那天夜里，约瑟夫辗转反侧，一方面当然免不了担心期末考试和学校的作业，但汤姆·莱顿才是造成困扰的主要原因。那个男人比过去还让他觉得难以理解，约瑟夫甚至后悔与他接触，哪怕汤姆·莱顿始终躲在窗帘后面，都比现在更令他安心。真正使约瑟夫害怕的是，汤姆·莱顿可能已经放弃了他，对他永远关上了心门——就像我爸爸一样，他苦涩地想。

可事实果真如此吗？也许汤姆·莱顿只是觉得累了。他们今天不是还一起给蚕搬了家吗？无论如何，约瑟夫非常后悔自己提出了那个问题，恨不能把它收回来。要是他没说那句话就好了。汤姆·莱顿就喜欢待在自己的房间里，这又有什么错？话说回来，他似乎本打算回答男孩的问题来着，只不过被卡罗琳打断了而已。他究竟想说什么呢？

约瑟夫思索着下午发生的事，再次想起空出来的记事板和那张倒扣在桌上的素描。汤姆·莱顿为什么要把它拿下来，又为什么突然撵他走？他越想越觉得，汤姆·莱顿可能不希望他再过去画像了，不由得翻身坐了起来，拿起搁在床边的速写簿，借着床头灯的微弱光芒，翻到当天画的几页素描。就在这时，一张泛黄的纸从里面掉了出来，飘到他胸前。他举起那张纸，默念着上面的文字，脑海中回响起一个浑厚而忧伤的声音：

蚕

一生都住在盒子里！世世代代。
几百年的温和驯化，并非有意残忍，
只为取其劳作而教以忍耐。
任凭日光摩挲黑宝石般的眼睛，
月光掀动轻盈的翅膀，
它们依然不为所动，
鬼魅般蛰伏于暗影之中。

看哪，这个盒子犹如孩童的玩物！甚至没有盖。
它们可以爬，可以飞，
整个世界都是它们的大树；

可是它们自言自语，

我们身陷囹圄。

没有人告诉它们，

何为自由；

它们也并不自由，

祖先的声音，

在风和语无法渗透的睡梦中，

将它们紧紧束缚。

即便是年轻的灵魂，

如幼龙般勇猛，

也仅仅满足于一片绿叶的

方寸天地。

因为祖先的低语，

始终会在耳边响起：

哪里有食物且安全，

哪里就是我们的藏身之地；

吐丝，结茧，

睡吧，睡吧，

我们很快就会在梦中相见。

当它们从长眠中醒来，

苍白蜷曲的翅膀上，

早已留下叶脉的烙印，

暗沉如树影，洁白似月光；
当醉鱼草献出
丁香酒般的花蜜，
夏夜求偶的昆虫
啜饮芬芳，
在颤抖中焦急地等待。

它们骚动起舞，跃跃欲试。随即记起，
盒子外面是不能踏足的禁地，
守候在外的无形之手，
犹如恐怖的惊雷，
随时会将它们碾碎，
祖先的告诫，
绝不能违背。
尽管夜色温柔，
仍在发出声声召唤，
但它们与良夜之间，
横亘着无尽的深渊。

它们只知道自己是盒子里的部族，
温柔善良，远离忧患。
所有问题的答案，
都在彼此的拥抱中，
飞蛾靠近飞蛾，

情侣相互取暖。
即使在弥留之际，也有痛楚的欢喜——
当你听到柔软的翅膀扑腾作响，
那是它们梦见自己在天空飞翔。

道格拉斯·斯图尔特

读完这首诗，约瑟夫趴在窗台向外看去，只见汤姆·莱顿房间的窗帘背后闪烁着微弱的灯光。原来，汤姆·莱顿把他的画从记事板上拿下来，并非出于恶意，而是为了取下被素描挡住的那首诗，放进约瑟夫的速写簿里。怪不得他要提前结束写生，还把那张素描扣过来藏在胳膊底下，因为他不想让约瑟夫在回家之前发现那张纸。

约瑟夫躺回床上，安心地盖好被子，又读了一遍那首诗，尽管有几句还是不太理解，但他喜欢诗里那种柔和平静的语气，也喜欢诗句让他联想到的画面。不过，最让他念念不忘的还是诗的结尾：

所有问题的答案，
都在彼此的拥抱中，
飞蛾靠近飞蛾，
情侣相互取暖。
即使在弥留之际，也有痛楚的欢喜——

当你听到柔软的翅膀扑腾作响，

那是它们梦见自己在天空飞翔。

反复读过好几遍之后，约瑟夫坐了起来，把纸片放在床头柜上，拿起速写簿搁在腿上，抽出夹在里面的铅笔，翻开最后一张素描，脑海中想起沉默的汤姆·莱顿，想象他温柔地照顾蚕宝宝、投入地念诗和害羞地藏礼物的样子。

随着他的想象，约瑟夫笔下的形象开始变得血肉丰满，画中人僵硬的视线、鼻子和嘴巴刻板的轮廓也逐渐柔和起来，下巴和前额的线条由粗糙转为顺滑。他全神贯注地画着，浑然不觉一丝微笑羞怯地爬上了他的嘴角，许久都没有消失。

一直忙碌到眼皮打架，约瑟夫才放下速写簿，关掉床头灯，躺下前又看了一眼隔壁那座大而无当的旧房子。在汤姆·莱顿窗前透出的微光映照下，他头一次睡得如此安心。

PART 2

第二部分——深沉梦境

7

接下来的一周过得飞快。临近期末，学校布置了一大堆作业，安排了一门接一门的考试，约瑟夫招架得十分疲惫，却也觉得松了一口气，因为春假马上就要来了。

忙于课业的同时，约瑟夫仍会经常想起汤姆·莱顿。晚上睡觉前，他会重读一遍《蚕》，一行行诗句吐出光滑的蚕丝，编织成催眠的咒语，引领他游览蚕这种怯懦小生物的封闭世界，甚至还会莫名其妙地带他闯入汤姆·莱顿的世界。

这一周，约瑟夫只远远瞥见过几次这位邻居出现在莱顿家的后门，之后很快便消失在门的另一侧。直到星期五下午，也就是本学期的最后一天，他们才能再次见面。那一天，学校提前放了学，约瑟夫决定步行几公里回家，不坐公交车。他穿过卡钦斯先生店门口的马路，来到亚瑟街，春天的太阳晒得人暖洋洋的，他的帽带已经被汗浸湿了，粘在前额上，细小的汗珠顺着脊背滚落。他溜溜达达在莱顿家篱笆外的草皮人行道上走着，突然听到一个熟悉的声音在叫他。

“看来有人需要喝点饮料凉快一下了。”

约瑟夫抬起头，只见卡罗琳拄着一把耙子站在大无花果树下，她摘下头上的旧草帽，擦了擦眉毛上的汗。“我这儿有冰镇果汁，想不想喝？不过，劲儿大的没有。”她笑道，“你要是愿意帮我耙一下树叶和杂草，我就能腾出手找找家里还有没有巧克力饼干，怎么样？成交？”

“好的。”约瑟夫开心地点点头。

“我刚才和你妈妈说话来着，她要去商店买点东西，还说你今天能早回家，我告诉她，你可能会想来我家，看看蚕宝宝长得怎么样了。你想看吗？”

“当然。”

“很好。先过来喝口水休息一下，这次的活儿比较辛苦，”卡罗琳往院子里看了一眼，“还有很多要修剪。”

约瑟夫很快便推着最后一车树叶和杂草倒进了肥料堆。

“行了，现在可以去吃喝了，还要看蚕宝宝呢。”

“我可以给它们摘点新鲜桑叶吗？”

“好主意。去吧，我把这些东西收起来。”

卡罗琳把耙子和几把剪刀搁进独轮车，推到房子下面放好。她回来的时候，看到约瑟夫围着桑树转来转去，小心翼翼地挑拣桑叶，举起叶子翻来覆去地看，还扯着高处的树枝拉下来仔细研究。

“我想它们没那么挑食吧。”

听到卡罗琳的声音，约瑟夫猛然转过身，手中的树枝一下子弹了回去，就好像被人撞见他偷看别人的日记一样。

“什么……”

“蚕宝宝，我是说，它们没那么挑食。”

“当然……我只是……”约瑟夫想要辩解，却马上泄了气。

“来吧，”卡罗琳咯咯地笑着说，“让我们把这些手工采摘、精挑细选的美味树叶给爬虫美食家们送过去，好吗？”

约瑟夫顺从地笑了笑，拿着他收集好的一小堆树叶走向卡罗琳。她亲热地揽着他的肩往屋里走去，愉快地聊起学校和假期的事。

“蚕长得快不快？”踏上后门台阶时，约瑟夫问。但卡罗琳没有回答，好像想起了什么心事，表情越来越凝重，完全不像刚才那么放松。

卡罗琳一进门就径直走向汤姆·莱顿的房间，倚在门边，轻轻地敲了敲。

“汤姆？汤姆，约瑟夫来了，他来看看蚕宝宝。”她顿了顿，“还给你带了新鲜的桑叶。”

房间里传出几声闷响，门开了，高大的汤姆·莱顿面无表情地出现在门口，随即向后退了几步，让约瑟夫进去。

“好了，我去拿饮料。”卡罗琳说着，快步走向厨房。

进了房间，约瑟夫注意到的第一件事就是那幅素描又回到了墙上，他暗自微微一笑，来到养蚕的鞋盒边。上次他来的时候，里面的蚕还像细小的黑色线头一样难以分辨，现在已经变成大约两厘米长的灰白色肉虫了。

“老天，它们真的长大了，住的地方好像也不够了，你要再添几个盒子吗？”

“是的。”

“我能帮忙吗？”

“只要你愿意。”汤姆·莱顿冷冰冰地说。他停顿了几秒钟，发觉气氛再次尴尬，接着又补充道：“盒子在楼下。”

“我们需要多少？”

“十个左右。”

“我帮你拿上来。”

汤姆·莱顿点点头，转身走出房间，恰好撞见卡罗琳，她探询地看着哥哥。

“我们要再添一些盒子……去楼下拿。”

“楼下？噢……那这个怎么办？”她举起手中的杯盘，看了一眼哥哥身后的约瑟夫。

“一两分钟就够了。”汤姆·莱顿干脆地说。

“嗯，好吧……如果你确定很快就好的话。我先把这个放在桌子上了。”

汤姆·莱顿跨进走廊，约瑟夫跟在后面。

“汤姆，”卡罗琳有点紧张地问，“需要我一起下去帮忙吗？”

她哥哥和约瑟夫同时转过身来，汤姆·莱顿看了妹妹几眼，视线飘到旁边的小男孩身上。

“不用……没关系的。”

“好吧……那么……我就在厨房里。”卡罗琳吞吞吐吐地说，接着想起自己还端着杯子和饼干碟，急忙走进哥哥的房间，并没有直接回厨房。

约瑟夫跟着汤姆·莱顿穿过走廊，经过左侧的起居室和右边的两个房间（一间是浴室，另一间看上去像卡罗琳的卧室），来到通往前门的阳光房，拐下一道狭窄的楼梯，走进一个建在房子下面的房间。

整个房间散发着一股霉味，唯一的窗户上挂着竹木百叶帘，只有一道微弱的光从帘子的缝隙中透进来。房间一侧是个旧壁炉，前面摆了一张低矮笨重的沙发椅，椅面上俗气的棕色花卉图案早已褪色，长圆形的大扶手很像两条面包。除了一张小桌子，房间里再没有别的家具，大部分空间用于堆放杂物，多半是些破破烂烂的纸板箱，许多箱子里装着书，更多的书则直接堆在地板上和其他纸箱上。随处可见的破旧书堆摇摇欲坠，仿佛一道被战火洗劫过的城市天际线。还有一些纸板箱和盒子里则装着剪贴簿、旧日记、相册、相框、剪报和各种乱七八糟的小玩意儿。

汤姆·莱顿穿过成堆的杂物，来到角落里的一摞鞋盒前。约瑟夫趁机扫了一眼身旁那堆书的书名，很奇怪为什么汤姆·莱顿房间的书架是空的，他总觉得，想要了解真正的汤姆·莱顿，一定会在这里找到答案，他的真实面目就藏在这些盒子里的某个地方。

“这些书都是你的吗？”

像往常一样，汤姆·莱顿没有马上回答约瑟夫的问题，仿佛害怕自己说出的每一个字后面都潜藏着危险。

“大部分是的。”

“你为什么不把它们放在自己房间里？”

“我不看书了。”

“为什么不看了？”

汤姆·莱顿停下手里的活，思忖片刻，说："不看了就是不看了。"

约瑟夫的视线在摇摇欲坠的书籍之城上空扫了一圈。"你以前肯定很喜欢看书。"他说。

汤姆·莱顿拿起一本书，看了看封面，拇指缓缓翻动起书页。"以前……"他若有所思地说，"以前书就像是我的呼吸。"

在约瑟夫耐心的注视下，汤姆·莱顿翻完了最后一页，像一个父亲看着自己孩子的棺材那样凝视着手里的书。

"后来发生了什么？"

"后来有一天……我不再呼吸了。"

他们再也没说一句话，默默收集了尽可能多的纸盒，回到楼上。

还有许多事要做。采摘更多的桑叶，打扫原来的纸盒，小心地把幼蚕分配到布置好的新纸盒里，最后所有的蚕会在十个盒子中安居，平均每个盒子里居住大约三十条幼蚕。

约瑟夫发现自己待在汤姆·莱顿身边时比以前放松多了。准备给蚕搬家之前，汤姆·莱顿甚至拿了一个凳子给约瑟夫，两人并排坐在桌前忙碌起来。

约瑟夫喜欢把幼蚕从软趴趴的旧桑叶上拎起来，放到油亮挺括的新桑叶上，新鲜的食物让无精打采的蚕宝宝兴奋起来，它们迅速奔向桑叶，填补永无止境的饥饿感。真像一条条小龙，约瑟夫暗忖，想起了那首诗里的比喻。他看了一眼旁边的汤姆·莱顿，这家伙正专心致志地移动幼蚕，仿佛室内只有他一个人。

“谢谢你给我的那首诗……我很喜欢。”

汤姆·莱顿的视线始终没有离开眼前的盒子，不过他点了点头，表示听到了。

这一次，约瑟夫终于不再因为对方的沉默而感到沮丧。他把手里的幼蚕放在桑叶锯齿状的边缘，又拿起另一条。“这是我真正喜欢上的第一首诗。虽然个别句子没看懂，但大部分都读懂了。”约瑟夫停下来，往眼前的盒子里看了看。

“它们到底为什么不爬出来呢？”他若有所思地说，“是害怕外面吗？”他呆呆地直视前方，轻轻摇了摇头，“一生都住在盒子里……好吧，反正我真没在桑树上见过蚕。”

突然，约瑟夫察觉到汤姆·莱顿在看他。

“我也没指望能找到。”他急忙解释，“我没忘记你说的话……只是觉得，或许我可以……”约瑟夫尴尬万分，说不下去了。

汤姆·莱顿的视线在他脸上停留了片刻，又继续看着盒子里的蚕。约瑟夫感觉整个房间在迅速缩小，沉默压得他透不过气来，脸颊和耳朵火辣辣的。他太想开口说点什么了，好冲破这折磨人的死寂，不过，最后还是汤姆·莱顿的声音让整个房间重获生机。

“我也找过。”

约瑟夫扭头看向汤姆·莱顿，从他全神贯注搬运幼蚕的样子看，很难相信他刚和旁边的人说过话。

“什么？”

“我也在树上找过……蚕。”

“什么时候？”

“小时候，比你还小。”

约瑟夫希望汤姆·莱顿多说一点，于是绞尽脑汁地思索可能鼓励他开口的问题，好不容易想出来，却又被汤姆·莱顿抢了先，虽然起初语速很慢，但在这个死寂的房间，这些话语就像雨滴落到了干涸的草地上。

“我小的时候……上小学时。有的小孩把蚕带到学校里，卖给同学，或者交换东西。”汤姆·莱顿拈起半片吃剩的桑叶，叶柄上趴着一条幼蚕，他看着它在叶子上啃噬出弯曲的绿色细纹，“为了得到蚕，让我拿什么去换都可以，但我没有拿得出手的东西。后来我想到了院子里的桑树。”

他把叶子放回鞋盒，继续讲下去，仿佛在述说一段梦境。“我拼命地在桑树上找蚕，”他低声说，难以置信地摇摇头，“每一片叶子，只要我能爬上去、够得到。可是什么都没有。”

汤姆·莱顿极其缓慢地深吸了一口气，说：“我还祷告过……”

他紧皱的眉头在脸上投下一道暗影，语气带上了苦涩的意味：“哪怕只给我一条蚕也好……就这么简单。大人总说，只要你开口，祷告就能得到回应。我信以为真地做了祷告，然后闭着眼睛伸出手，从树上摘下一片桑叶，希望出现奇迹，傻乎乎的小奇迹……我试了一次又一次……”

约瑟夫屏住呼吸，不希望任何声音打断他的讲述。

“可每次摘下的桑叶上都没有蚕。最后因为哭得太厉害，泪水蒙住了眼，我连叶子都看不清了。后来天黑了，我觉得自己被骗得很惨，于是就诅咒了上帝。”

汤姆·莱顿拿起刚才那片趴着一条蚕的桑叶，缓缓拧动它的叶柄。“只要一条蚕，难道我的要求过分吗？”他冷冷地说，然后闷闷不乐地继续布置鞋盒。

“那你小时候从来没养过蚕吗？”约瑟夫轻声问。

汤姆·莱顿微微转过脸，似乎这才记起约瑟夫的存在。“就在那天晚上，”他说，“我们刚喝完茶，听见后门有人敲门，我和妈妈去开门，看到住在街那头的一个男孩站在门口，他比我大一点，上的是另一所学校。”

汤姆·莱顿说着把鞋盒拖到自己面前。“他手里捧着个鞋盒，跟这个差不多，盖子上有戳出来的小洞，我立刻知道了里面是什么。男孩说，他们家要出去度假，没法带着蚕宝宝，所以就把它们送了过来，因为我家后院有棵桑树，养起来应该不会很麻烦。”他顿了顿，“在那之前，我们一句话都没说过，所以我祈求的奇迹最终还是出现了。”

“你肯定很开心吧。”约瑟夫说。

“不，我感到前所未有的恐惧。要知道那天下午我说了那么多可怕的话，我感觉自己辜负了某种重要的考验。我向上帝祈求一条蚕，结果却得到了一整盒，这是我不配得的。”

“然后呢？”

“我把蚕拿进房间，就是这间屋，关了灯，坐在床上。我感觉自己不是只身一人，似乎有人和我在一起，在这个房间里看着我。我吓得不敢睁开眼睛。”

汤姆·莱顿把叶子上的幼蚕放进鞋盒，用手拨了拨，让它跟别的蚕凑在一起。“这就是关于蚕的奇迹，从此我相信大人说的是真的，我的祷告一定会被听到，因为真的有人在听。”

两人身后的地板嘎吱一响，卡罗琳从门外探进脑袋。“抱歉打扰一下，约瑟夫，我刚才看见你妈妈正往这边走，应该是来找你的。你们这边怎么样了？”

“快弄好了。”约瑟夫说。

卡罗琳离开了房间，约瑟夫把最后一批幼蚕放进新鞋盒，心满意足地看着铺满书桌的十个盒子。“这下好了，”他说，把凳子推回原处，“我得走了。”

汤姆·莱顿也站起来，看着约瑟夫拎起书包甩到肩膀上。

约瑟夫走到门口，汤姆·莱顿忽然叫住了他。

“你相信奇迹吗？”

这个问题让约瑟夫既困惑又担心，他不确定自己是否相信奇迹，但他清楚一件事：与汤姆·莱顿的关系好不容易取得一丝进展，他不希望惹恼或者冒犯对方。“我……我不知道。也许吧，我猜。”他只好这样回答。

汤姆·莱顿的脸一沉，表情僵硬得就像冷却下来的熔岩。“别信。”他毫不客气地说，转身坐回了椅子上。

8

接下来的两周学校放假，约瑟夫几乎每天都要去莱顿家。由于卡罗琳还要做兼职，所以每天的上门时间由她安排，以确保约瑟夫每次过去时她都能在家。

每次拜访的流程都差不多。约瑟夫会带一塑料袋新鲜桑叶过来，和汤姆·莱顿一起把鞋盒里的蚕挪出来，打扫一遍盒子，清理掉破烂的树叶和黑硬的粪便，换上新桑叶，再把蚕放回去继续享用美味的盛宴。

约瑟夫很喜欢看懒洋洋的蚕宝宝落到鲜嫩桑叶上瞬间精神百倍的样子，也喜欢闻从盒子里弥漫到汤姆·莱顿房间的那股香甜又有点刺鼻的独特气味，他觉得这就是绿颜色的味道。

蚕在成长中的变化也让约瑟夫着迷。那层皱巴巴的银灰色皮肤在它们圆滚滚的身体上伸展收缩，等到长得更肥硕结实一点，便展现出他以前从未注意到的细节。他发现，蚕的腿可以分为独立的三组，六条前腿尖尖小小，中间的八条腿稍微大一点，两条后腿则更大一点。再观察得仔细些，会发现蚕身上有绒毛，还有那些帮助它们抓取和爬行的小肉垫。幼蚕的身体是一节一节的，每一节上都有个黑色的小圆圈。他喜欢用手指轻轻拂过蚕宝宝灰色小脑袋后方起皱的脖颈，还有身上那些柔软的肉垫，感受它们如丝般光滑的皮肤。

起初有一两次，卡罗琳询问过约瑟夫肖像画的进展，他说自己还在修改，事实也的确如此，他时常会拿出一张画好的素描，在某些地方做些细小的改动。约瑟夫仍然会不由自主地观察汤姆·莱顿，然后把人物下意识表现出来的细节特点加入画作中。

“如果你需要再临摹几张，尽管告诉我。”卡罗琳说。不过，从那时起，画肖像似乎变成了不那么重要的事。

现在，蚕成了拉近汤姆·莱顿和约瑟夫关系的催化剂。

第一个星期，两人真正交谈的机会并不多，不过约瑟夫还是很开心。汤姆·莱顿依然保持沉默和疏离，但似乎已经放下了最初的戒备。假期第二周开始的时候，通往汤姆·莱顿世界的窄门才再次打开，正是他家楼下杂物间里隐藏的秘密，提供了这扇门的钥匙。

这时候蚕的个头已经长到了原来的两倍多，十个鞋盒都显得拥挤，约瑟夫清理完最后一个鞋盒，自告奋勇去楼下的杂物间再拿几个盒子。

“我知道在哪儿，我去拿吧。”

汤姆·莱顿犹豫地看着他，终于说：“好吧。”然后转过去，把一条扭来扭去的蚕放到新鲜的桑叶上。

约瑟夫穿过走廊，下楼来到杂物间，打开灯，一股陈腐的气息扑面而来。他看到房间最里面有几个盒子，就七扭八拐地绕过地上的纸箱迷宫，朝那边走去。起初他只找到两个鞋盒，往门口走的时候，又发现了第三个，摆在一摞书后面的茶箱上，挨着边，很容易就拿下来的样子。他探身抓住鞋盒，往后一拉，这才意识到里面沉甸甸的，应该是装满了东西，盒子脱手落到地上，东西都掉了出来。他挤到茶箱和扶手椅之间，蹲下来一看，原来是些黑白照片，散落了一地，其中不少都褪了色，尺寸很小，有一圈宽宽的白边，多半是婴儿的旧照，或是穿着过时衣服的人参加婚礼的影像，还有站在房子前面或者海滩上的。有些相纸的背面写了日期和名字。

约瑟夫捞起成把的照片，略作整理，放回鞋盒，突然，一抹彩色从眼前闪过，吸引了他的注意。他拣出那张拍立得彩照，迎着灯光细看，只见上面有个红头发的年轻士兵，旁边是一顶帐篷。他坐在一个箱子上，光着膀子，胳膊肘撑在腿上，手里拿着个罐头，舀了一勺里面的食物，眼睛望着镜头，咧着嘴笑得很开心。约瑟夫把照片翻过来，在背面找到了几乎难以辨认的小字：

送给汤米
永远的伙伴，
米克（越南 1968）

这个身材精瘦结实、笑容友好坦率的年轻人，是否曾跟约瑟夫眼中石像般不苟言笑的汤姆·莱顿一起嬉笑打闹过呢？

他把这张照片放进鞋盒，开始收拾其余的，突然发现有张照片上什么东西很眼熟——莱顿家后院的垃圾焚烧炉——于是把它抽了出来。

照片只拍到焚烧炉的一角，还有那棵桑树的部分枝干。照片正中央，一个金发小男孩站在桑树下，笑得很开心。他穿着宽松的短裤和一件条纹T恤，似乎笑得想停也停不下来。头顶的桑叶在他的衣服和脸上投下清晰的影子。约瑟夫把照片翻过来，上面写着：托马斯，1958年，9岁。

他又翻回去看那个小男孩，想从这个笑得脸都皱成一团、嘴角咧到耳朵根的小家伙身上寻觅汤姆·莱顿的影子。假如他认识的那个人和黑白照片上这个朝他咧嘴笑的男孩真是同一个人，那么这个汤姆·莱顿去了哪里？

“找到了吗？”

约瑟夫像触了电那样，整个人向后一缩，只见汤姆·莱顿面无表情地站在楼梯口。

“嗯，我……我找到两个。”约瑟夫立刻回答，然后才意识到自己还跪在地上，“我以为这个是空的。里面的照片全掉出来了，我就把它们放回去了，我没有……我不是故意……”

他小心翼翼地抬起头，但汤姆·莱顿并没有看他，他的视线落在约瑟夫手里那张还没来得及放回去的照片上。约瑟夫又看了一眼那张照片，然后战战兢兢地把它举到汤姆·莱顿面前，问：“这是你吗？”

汤姆·莱顿看向约瑟夫的眼睛，那张照片就像树上的最后一片叶子，在男孩手中簌簌发抖。终于，汤姆·莱顿缓缓抬起手，仍旧盯着约瑟夫。男孩急忙向前一步，把照片递了过去。那一瞬间，他以为汤姆·莱顿并不打算看它一眼，然而接下来对方却无奈地低下了头，看着手里的东西，仿佛不得不辨认尸体的受害者家属。

“这就是你，对不对？”约瑟夫轻声问。

汤姆·莱顿微微点了点头，哑着嗓子勉强挤出一个字：“对。”

“但不是同一棵树。”

“什么？”汤姆·莱顿茫然地问。

“不是现在那棵树。照片上这棵在焚烧炉的另一边，跟现在那棵不一样。”

“对。”

“你就是在这棵树上找蚕的吧？”

“对。”

“它去哪儿了？”

“枯死了，我们把它砍倒了。我爸爸在另一边种了一棵新的，离火更远一点。”汤姆·莱顿似乎被这张照片迷住了，好像也想从那个天真快乐的男孩身上找到自己的影子。约瑟夫仔细打量，发现汤姆·莱顿的目光从照片中央的男孩身上移到了画面后方的背景，似乎注意到了什么细节。他把照片拿近了一点，微微皱起眉头。“戈耳工……”他喃喃自语。

“什么？”

“戈耳工。”汤姆·莱顿重复道。

“这里，”他把照片递给约瑟夫，指着上面的一个地方，“以前戈耳工住在这里。”

约瑟夫看到那是个幽暗模糊的树洞，桑树的主干恰好在那里分叉，变为两条粗大的树枝，一条继续笔直向上，另一条弯曲着朝照片中男孩的方向延伸。

“戈耳工是谁？”约瑟夫问，抬头看着汤姆·莱顿。

“一条蜥蜴。”

“为什么叫它戈耳工？”

“我们以前常去看电影，星期六下午，大部分是探险片或系列剧。其中一部讲的是一种……史前怪物，戈耳工，可以死而复生，袭击了一座城市。”

约瑟夫面露微笑，想起自己看过的类似电影。“它长什么样，你的戈耳工？”他问。

汤姆·莱顿看了看约瑟夫，一本正经地回答：“对一个男孩来说，他看上去真的很吓人。”

“为什么？”

“很大啊，黑乎乎的，摸起来很凉。”

汤姆·莱顿的视线从约瑟夫脸上移开，投向远方，旧日时光仿佛历历在目。“那时候它看起来很大，我甚至觉得它的尾巴能够到桑树根。也许一切只是我的……想象，它压根就不存在，可能我只在梦里见过它，但当时它对我来说太真实了。我总是想象它住在那棵树里面，像一个冰冷无情的杀手，伺机而动。”他突然住了嘴，似乎觉得自己说得太多了。

约瑟夫看着照片，试图想象汤姆·莱顿描述的那个潜伏在桑树里的怪物，这时他注意到，戈耳工的巢穴里好像有个东西。“那是一根棍子吗，树洞里？”他问，把照片递还给汤姆·莱顿。

“对，我放在那里的。”

“为什么？”

“戈耳工吓到我了，我想看看它，把它赶出来。”汤姆·莱顿回忆道，“我带着棍子来到桑树下，手都在发抖。”

“然后呢？它出来了吗？”约瑟夫问。

“第一次，棍子卡在树洞边上，往我手上扎了好几根刺。第二次我提高了警惕，先对准洞口再戳下去，棍子一下滑到很深的地方。我把手探到洞口，突然很害怕，就扔下棍子跑了，头都没敢回。我觉得戈耳工马上就要出来追杀我了，冷血无情，谁也挡不住。”

“它出来了吗？”约瑟夫又问。

汤姆·莱顿把照片递过去。“没有。也许我把它戳死了，也许那根棍子把它困在了里面，也可能它根本就不存在。无论如何，我再也没胆量把棍子拿出来。”

“你后来见过它吗？”

“没有。从那以后那棵树就开始枯萎，我爸爸决定把它砍倒，让我帮忙。我们先砍掉所有树枝，只留下光秃秃的树干，他用力推了几下，树就连根倒了，那一刻我觉得自己看到戈耳工的尾巴在烂掉的树根里扭了扭。我爸爸让我帮他把树干搬进焚烧炉，虽然他一个人就能轻松办到，但我猜他是想让我体会一下成就感……作为男人。但我太害怕了，一步也挪不动。”

汤姆·莱顿再次沉默，仿佛在回味当时的情景。约瑟夫等了几秒，这才打断他的回想：“你告诉他你为什么害怕了吗？”

“没有，我做不到。所以他生气了。”

“然后呢？”

“我还是帮他把树干搬进了焚烧炉，从头到尾怕得要命，可是只能忍着，我仿佛看见戈耳工在树干里打滚，气得两眼发黑，最后我把树干往炉子里一丢，好像它已经烧起来了一样，赶紧跑回了屋里。我爸爸一定觉得我疯了。”

约瑟夫想象着那一幕，不由自主地微笑起来，但汤姆·莱顿依然非常严肃，无动于衷。

“你觉得戈耳工真在里面吗？”

“现在当然不这么想了，但那个时候我是真的相信。奇怪的是，我爸爸给炉子生起火之后，在我的想象中，被烧着的竟然不是戈耳工，而是蚕，我脑子里反复出现蚕被烧得发黑、冒泡的画面，蚕卵一个接一个地炸裂，蛾子从里面钻出来，徒劳地扑腾着翅膀，最后还是被火烧死了。”

“有天晚上我看见你……往焚烧炉里面看。我没打算偷窥，只是……你那时候在想蚕的事吗？”

“不，但有时候会想。”汤姆·莱顿好像在认罪似的，“有时候，我会出现幻听。”

“听见炉子里有声音？”

“是的。”

“你听见了什么？”

汤姆·莱顿的回答像一行诗句，飘浮在杂物间凝滞的空气中：“有个黑魆魆、烧焦了的东西，在炉灰里不依不饶地翻滚抓挠，发出窸窸窣窣的声音。”

约瑟夫难以置信地盯着汤姆·莱顿：“但它不可能还活着。”

“也许它从来就没活过，但噩梦是最难摧毁的一种梦。”

“你做过关于戈耳工的噩梦吗，小的时候？”约瑟夫小心翼翼地问。

“很多次。”

“都是什么样的？”

“每次都一样，被一个看不见的生物追赶，随时等着它的爪子伸过来。”

约瑟夫僵住了，恐惧和怀疑在他的脑子里龙卷风般交替出现，他完全明白汤姆·莱顿决定面对恐惧、把棍子伸进戈耳工深不见底的巢穴时的感受，他对这样的噩梦一点也不陌生。

“汤姆？约瑟夫？你们在这里吗？”

卡罗琳的声音从楼上传来，暂时穿透了杂物间凝重的氛围。她走下几级楼梯，紧张地朝站着发呆的两个人笑了笑。

“啊，终于找到你们了，我还以为你们去了别的房间，要不就是书堆把你们埋起来了。”她来回扫视着两人，“一切都好吗？”

“没事。”汤姆·莱顿说，“我们需要更多的盒子。”

“好了，快上来吧！”她快活地说，“我给你们俩准备了很好吃的水果面包。”

一行人回到楼上。汤姆·莱顿在新鞋盒里铺了些桑叶，然后从原来的每个盒子里分别挑出一小部分蚕，搬进了新家。约瑟夫坐在靠窗的座位上，腿上摆着盘子，手里捏着一大片松软的水果面包。他看了汤姆·莱顿一会儿，把面包片放回盘子里，舔干净指头上的黄油，想要说点什么，又担心想说的话会卡在嗓子眼。最后，他终于鼓足勇气开了口，仿佛不顾一切跳下了悬崖。

“我也做过那样的梦。”约瑟夫说，声音几乎听不清。

汤姆·莱顿的身体依旧纹丝不动，但他的脑袋立刻循声转了过来，这个动作让约瑟夫联想到发现猎物的大蜥蜴，但他明白，现在闭嘴已经晚了。

“我也做过那样的梦，像你说的那种……噩梦。”

汤姆·莱顿坐进椅子里，慢慢转过来，面朝约瑟夫这边，等他继续说下去。

奔跑怪人终于跑出了约瑟夫梦境中那条阴沉幽暗的街道，

鼓着眼睛、一丝不挂、跌跌撞撞地闯入了汤姆·莱顿的房间。

那天下午，约瑟夫第一次把自己多年来的恐惧讲给别人听——童年时与奔跑怪人的不期而遇，还有那些千篇一律的噩梦。汤姆·莱顿自始至终一言不发，安静地听着。

起初约瑟夫顾虑重重、犹豫不决，但汤姆·莱顿淡然的表情并未显露任何不赞同或责备的意思，他的沉默像吸尘器一样，把约瑟夫埋藏在心底多年的秘密和想说的话都吸了过去。倾诉完毕，约瑟夫总结道："我小时候经常做这个梦，但现在不会了。"

汤姆·莱顿的表情一如既往地冷淡，就在约瑟夫以为他要转回去继续看蚕宝宝时，他突然抬起头说："你叫他'奔跑怪人'？"

约瑟夫为这个幼稚的名字感到一丝尴尬。"我那时候还很小，"他解释道，"也不知道他的真名，反正他总是在跑。"

"你想过没有，他也许不只是奔跑怪人，还可能有另外一面？"

汤姆·莱顿语气平淡，但约瑟夫还是感觉到一丝内疚。

"也许吧，我不知道。后来就很少再看见他了。"

"也许你从来都没有看见过他。"

"这是什么意思？"

汤姆·莱顿从书桌上拖过一个鞋盒，搁在腿上。"假设有人从来没见过蚕长什么样，我现在打开这个盒子给他看，他会认为蚕就是大号的毛毛虫。如果我一个月之后再打开盒子，他会以为蚕是黄色的蚕茧。假如再迟一个月打开，他会以为蚕是白色的蛾子。如果三个月后再打开，他又会认为蚕是灰色的卵。”他慢慢转动手中的盒子，“那么，蚕究竟长什么样子呢？这些答案是全对还是全错？既然我们连如此简单的小生物的真实面目都很难看清楚，又怎么能轻而易举地看清一个人呢？”

约瑟夫犹疑地皱起眉头。

“我的意思是，这个男人可能并不是从一开始就这样。”

“那是什么改变了他？”

汤姆·莱顿摇摇头。

“你觉得他有可能变回去吗，变回过去的样子？”

“不，我不这么认为。已经失去的东西是找不回来的。”

“我这样怕他是不是很傻？”

“魔鬼会以许多种形式出现。”汤姆·莱顿阴郁地说。

约瑟夫立刻想起记事板上那幅表现天使与魔鬼的埃舍尔作品，于是抬头望去，第一眼看到的却是那个池塘边的男人。现在，他有些明白画中人扭曲的表情意味着什么，那是透过水中倒影窥见自己真实面容后的震惊。

约瑟夫试图把话题引向更安全的地带：“我只是很想知道，他为什么一直在跑。”

汤姆·莱顿微微挑起眉毛。“每个人都会跑，”他说，语气中带着疲惫的苦涩，让约瑟夫颇感意外，“哪怕你整整三十年都在一座破房子里坐着等死，还是有可能在某个空间里疯跑。一切都是徒劳，毫无意义，无论你想追逐美梦还是摆脱噩梦，奔跑既无法让你靠近目标，也不能使你远离伤害。”说到这里，他整个人都萎靡下来，又补充道，“弥尔顿明白这种感觉。”随后，他低沉浑厚的声音在房间里响起，犹如天边滚过的闷雷：

因为他随身带着地狱，
地狱将他团团包围，
他不能踏出地狱一步，
正如他无法逃离自己，
地点的变迁也无济于事……
不管我飞到哪里，
哪里就是地狱，
我自己就是地狱。

有那么一瞬间，汤姆·莱顿的脸上涌动着愤怒与绝望，约瑟夫仿佛透过一条微微开启的门缝，窥见了永远不该被看见的东西。

“这是一首诗里的句子，作者是约翰·弥尔顿[1]。”汤姆·莱顿说着，转身望向别处，“我的意思是说，你的奔跑怪人似乎是……想要逃避什么东西，对他而言那就是地狱，偏偏这个地狱就在他自己身上，所以他永远逃不掉，无论跑得多远多快。”

“那他为什么还一直跑？”

对方的回答带着令人不安的信服力：“因为他只能想到

---

1. 约翰·弥尔顿（John Milton，1608—1674）：英国诗人、政论家。以上诗句出自他的史诗代表作《失乐园》（*Paradise Lost*）。

跑，这是他唯一的选择，为了活着，为了一天天挨下去。”

汤姆·莱顿把鞋盒放回桌上，依旧背对着约瑟夫。微风掀动窗帘，也掀起了那张钉在记事板上的素描。

约瑟夫注视着画纸上粗糙的轮廓和简略的线条，说：“我对你的肖像画做了很多改进，如果你感兴趣，我下次把它带来。”

汤姆·莱顿无声地点点头。

“好的，我该走了。”约瑟夫察觉到这次的会面已经结束了。

汤姆·莱顿又点了点头。

约瑟夫端起空盘子走到门口，回头看看汤姆·莱顿在黑暗中沉思的背影，壮着胆子提出了最后一个问题：“诗里那个人想要逃避什么？”

“逃避他自己。”汤姆·莱顿头也不回地答道。

“为什么？”

“他无法接受自己。”

“他是谁？”

“魔鬼撒旦。”汤姆·莱顿的回答冷酷无情，如同为幽暗的墓坑压上了沉重的封顶石。

9

接下来的一周，约瑟夫依然每天都会去莱顿家看蚕宝宝，并且越来越习惯主客之间心照不宣的沉默，不再视其为排斥和拒绝。假期的最后这一周里，约瑟夫又有两次无意中闯入了汤姆·莱顿那封闭的私人世界。

第一次是约瑟夫带去了一张修改过的汤姆·莱顿肖像画。汤姆·莱顿像察看他那张旧照片那样，举着画细细地端详了半天，仿佛那是一道亟须解决的难题。

“你要是喜欢的话，可以留下。我也用不上，家里还有。”

汤姆·莱顿把素描钉在记事板上，跟约瑟夫最早给他的那张摆在一起。两张画一个笔触粗糙简略，一个富含深度与细节，就像幻灯片突然被拉到了镜头下。不过，尽管纸上的形象越来越接近模特本人，画中人的眼睛依然冷淡无神，表情依旧难以解读。

约瑟夫看向书桌上那排刚刚打扫干净的鞋盒，过去的两个星期，蚕宝宝再次长到了原先的两倍大，每片桑叶上都聚集着三四条圆滚滚的胖蚕，贪婪且快速地啃食着叶脉之间那些暗绿色的美味。

“我们又需要新的盒子了，对吧？”约瑟夫看着蚕问。

“我不会把它们全都留下的。”

“那多出来的怎么办？”

“送给学校，让卡罗琳带过去。”

“你从什么时候开始这样做的？”

“很久了，二十……多年了吧。”

提到学校，约瑟夫突然想起莫索普夫人关于汤姆·莱顿的歇斯底里的警告。他无意识地摩挲着桌上的桑叶。

“你当过老师吗？”他尽可能故作随意地说。

汤姆·莱顿放下手里的东西，直视着约瑟夫。

“有人说你曾经是……还有那些书……和诗什么的，”约瑟夫试图解释，“你是英语老师吗？”

“是的，很久以前了。”他淡淡地回答。

约瑟夫紧盯着眼前的蚕，他的下一个问题仿佛是从嗓子眼里硬挤出来的：“你为什么不当老师了？”

“我就是……不干了。”他冷冰冰地回答。

约瑟夫仿佛看到一扇沉重的门在眼前砰然关闭。

静止和沉默在汤姆·莱顿周围竖起了铜墙铁壁，但僵持片刻后，首先开口的还是他：“我那时情况不太好。我以为自己好了，其实并没有。我……有段时期很痛苦。”

“是在越南吗？”约瑟夫脱口而出。

汤姆·莱顿似乎吃了一惊，努力压抑着脸上的恐惧，呼吸也粗重起来：“可是……你怎么知道的？”

“有张照片，在楼下那个盒子里。照片上有个士兵，背面写了字。我不是故意……”

汤姆·莱顿看出男孩的担忧，低下了头。“没关系。”他平静地说。

约瑟夫从对方的语气中得到鼓励，开始尝试另一个问题：“他是你的朋友吗，照片里的那个人？”

静默犹如纤细的灰尘落满了整个房间。汤姆·莱顿的声音颤抖起来，他清了清嗓子，用更镇定的语气答道：“是的，但他没能活着回来。”

“发生了什么？”约瑟夫小声问。

汤姆·莱顿研究着约瑟夫的表情，似乎在权衡一个重大决定，接着开始用一种柔和恍惚的声音讲了起来，好似浸没在一口充满悲伤与失落的深井之中："那是我们回国前的最后一次行动，任务并不难，参加行动的一共十二人。在返回基地的路上，"他皱起眉头，眼睛也眯了起来，仿佛试图看清记忆中的画面，"他朝我们跑过来，一个小男孩，只是个小孩。"他露出难以置信的表情，"他没有直接凑上来，但我看得清他的脸，那是一张天使般的脸。他在哭，脸上挂着泪。我看到了眼泪，还有血，他的脸上、胳膊上、衣服上都有血……其实根本不能算衣服，就是些破布条。他的声音……"他紧锁眉头闭上眼睛，"他用越南语和蹩脚的英语哭喊，恳求，好像在说他妈妈，他妈妈快要死了，需要帮助。'请你们来！你们来！'他苦苦哀求，指着丛林里面……"

汤姆·莱顿停顿了一下，约瑟夫看到他胸膛的起伏慢了下来，再次开口时，语气里的紧张也略微消退了一些。

"他怀里抱着什么东西……一个婴儿。裹在一件脏衣服里，应该是件旧汗衫。婴儿一声不吭，很可能已经死了。男孩站在一条丛林小径旁边，哭着求我们跟他走。"

汤姆·莱顿茫然地望向前方，过了一会儿，眼神才开始流转，仿佛在脑海中重演当时的情景。"你们是怎么做的？"约瑟夫急忙问。

"有几个人不愿意过去，大家都很累了，只想回基地，不愿再在丛林里待一晚上。很危险，你不知道敌人在哪儿，也不知道谁会是你的敌人。米克和我，还有另外几个人想去帮他。米克是最积极的，他喜欢孩子，经常送他们东西，巧克力、火柴或者钱。他甚至打算一个人……”

汤姆·莱顿的眼眶有些湿润了，但他用力咬着下巴，很快便恢复了原来的扑克脸。“米克说服了队长跟着那孩子，他说假如有必要，他可以一个人去。就这样，小男孩在前面领路，我们跟在后面。在丛林里走了一两百米，我们来到一小片空地，那儿有三四座小茅屋，后面是一条已经干涸的小溪。”他又顿了顿，似乎在理清故事的脉络，“男孩跑向最远处那座茅屋，拼命朝我们招手，另一只手紧紧抓着身上的破布条。他不停地朝我们喊：‘这里！你们来！你们来！求求你们！妈妈，救命！求求你们！’米克和我自告奋勇上前查看，我叫他小心，但他冲在最前面。等他钻进茅屋时，我还在后面离他十米远的地方。我发现屋子后面有动静，是那个男孩，他跑了，还往地上扔了个东西，是那个婴儿。我跑过去，发现那不是婴儿，而是一捆裹在衣服里的木头。我第一反应是松了口气，还好不是婴儿，没有婴儿受伤……紧接着我意识到这是个陷阱。男孩把我们引进了陷阱。”

“后来呢？”

“我站起来，转身朝茅屋走，准备大声警告米克和其他人，让他们赶紧出来，找掩体躲避，但我刚张开嘴，茅屋就炸了，像一只爆裂的气球，迎面向我扑来，一道热浪组成的墙挡在我面前，吸走了肺里的空气。接着我向后飞去，撞在树枝上，摔了个嘴啃泥，周围的东西砸了我一身。我闻见烧焦的气味，耳朵里吱吱作响，好像警报一样，但还是模模糊糊听到爆炸的声音和噼里啪啦的燃烧声。我试着睁开眼睛，却只能看到一点点光，而且那点光很快就消失了，我应该是失去了意识。”

这一次，约瑟夫没有催促汤姆·莱顿继续，因为他知道对方一定会讲完这个故事。

“等我醒过来，”他疲倦地说，“发现自己仰面躺在小溪的河床上，身上盖着树枝和树叶，还有碎木头和茅草屋顶。应该是那个屋顶救了我的命，有它挡着，敌人没能发现我。我的后脑勺被血浸湿了，手和脸隐隐刺痛。我爬到岸边，根本不在乎敌人走了没有。爬上岸之后，我发现敌人早就不见了，只剩下我们那个野战排——全死了，一个活口都没留。我找到了米克。爆炸的时候，他一定还在茅屋里。就在那里……他……”

汤姆·莱顿捂住了嘴，显然是在压制内心的恐惧。过了一会儿，他稍稍抬起头，手指划过嘴唇，无力地落在胸前。“我朝丛林里张望，不知道自己在什么地方，该往哪边走。我的头很疼，脸上的皮很紧，就像裂开了一样。我踉踉跄跄地往前走，手还下意识握着枪，最后倒在一棵树下。我不知道自己在那里待了多久，天开始黑了，然后……”他突然闭上嘴，直视着约瑟夫，眼睛在男孩脸上扫来扫去，前额冒出的汗珠闪闪发亮。约瑟夫不安地看着汤姆·莱顿，只见他的双手开始颤抖，眼神里是强烈的恐惧与无助。“然后……天变得……非常黑，”他边说边紧张地用一只手抓着另一只，不让它乱动，然后转过身去不看约瑟夫，好像被一个比自己强大许多的敌人击败似的，继续说道，“我一定是睡着了，时醒时睡。天亮之后，我又开始乱走，终于遇上了搜救队，他们把我带回了基地。”

汤姆·莱顿两手搭在一个鞋盒上，面无表情地说：“他们把米克的尸体，或者说是他们能找到的残骸，运回了国。‘太迟，也太早。’我在医院住了几天，然后也提前回了国。”

“因为你的伤？”约瑟夫天真地问。

“不，”汤姆·莱顿冷静地说，“因为我企图杀掉随军牧师。”

约瑟夫难以置信地盯着汤姆·莱顿，怎么也没法把脑子里翻腾的种种疑惑问出来，最后倒也没了追问的必要，汤姆·莱顿似乎读懂了他的心思。

“他的名字叫约翰，大家都叫他查比，混乱的战场上只有他是恒定不变的。每天他都会主持一次小型礼拜，有时听众只有一个人，如果赶在出任务之前，去的人会一下子变多。我经常去，米克也是。每次礼拜结束时，牧师会为当天即将外出巡逻或执行任务的人祷告，最后总以同一句话结尾：‘愿上帝的祝福与你们同在。’”

汤姆·莱顿眼中蒙了一层泪水，语速渐渐慢下来，沉浸在久远的回忆中。“上帝的祝福，这几个字是我的依靠，每次接到任务，我都要听牧师说出这几个字才敢出发，把它们当成盔甲穿在身上。在丛林里，连一只蝴蝶扑动翅膀都可能意味着危险，这几个字就像咒语一样在我脑海中一遍遍闪现。上帝的祝福，上帝的祝福，我拥有上帝的祝福。”

突然，汤姆·莱顿的语气中出现了冷酷的怒意。“可是，当我傻站在那里，亲眼看着米克被炸成碎片的时候，上帝的祝福在哪里？上帝给米克的祝福呢？给那些战友的祝福呢？他们连跑都来不及就给炸死了。”他质问道，“不过是一句残酷的谎言而已，我竟然愚蠢到相信它能保护我们。”

“可你活下来了。”约瑟夫小声说。

“是吗？”

他语气中的怨恨像烫人的烙铁一样烧灼着约瑟夫，男孩不由自主地向后退去，试图躲避对方的怒火，好在愤怒很快就化为了苦涩。

“躺在医院里的时候，我意识到自己是个傻瓜，始终没长大，还是当年那个把一盒蚕当成神迹的小男孩。只有小孩才会相信神迹，相信有人在看，有人在听。”他看着约瑟夫，冷酷而不容置疑地说，“真相不总是战争的牺牲品。那天晚上跟我一起待在房间里的，不过是我的无知和愚昧而已。上帝根本不存在，我知道……但魔鬼是存在的，而且有很多。我是在越南才想明白这件事的。”

汤姆·莱顿的故事似乎接近了尾声，但对约瑟夫来说，最重要的部分还没有讲出来。“那个牧师呢？他怎么样了？”

汤姆·莱顿的语气就像犯罪嫌疑人在对警察招供：“等到身体恢复得差不多之后，我去参加了一次礼拜，那天晚上人不少，我坐在后排。快要结束时，牧师走到听众面前，进行最后的祝祷。我向他走过去，他不明白怎么回事，还朝我微笑，说：‘汤米，你怎么了？我还没讲完，还没代上帝祝福大家呢。’就在那时我揍了他，不能让他再传播那些谎言了。”

汤姆·莱顿低头看着自己的右手，继续说下去，仿佛在描述一连串静止的图像：“他向后倒在一张充当布道台的小桌子上，碰倒的葡萄酒像血一样洒在洁白的桌布上。查比的脸上溅的却是真血。我从口袋里掏出一把左轮手枪，它曾经属于我们野战排的一位队员，这是他留下的纪念品，被我借来了。我看着摊手摊脚躺在地上的牧师，他的一只手捂着脸，手指张开，好像一只蜘蛛。我举起枪……就在那时他们抓住了我，掰掉我手里的枪，把我带走了。”

汤姆·莱顿一脸疲惫地看着约瑟夫。“所以他们提前送我回了国，说我不适合继续服役……精神崩溃。回来之后我又在医院住了一段时间。父母去世时，我还在住院。在那之前，他们时常过去探望我。医生允许我参加葬礼。后来我试过当老师，但是……没成功。”

约瑟夫看着汤姆·莱顿退回他的秘密世界，但在对方完全撤退之前，他还有最后一个问题。

“你真的打算对牧师开枪吗？”

汤姆·莱顿与约瑟夫对视，表情第一次变得柔软起来，仿佛脸上的面具被掀起了一半。“不。”他回答。

“可那把枪……”

“不是为了打牧师，”他诚恳地说，“而是为我自己准备的。”

那一刻，约瑟夫的世界倾斜了，就连最亲切熟悉的东西也变得奇怪和陌生起来。

汤姆·莱顿讲述越南往事之后，约瑟夫又去过两次莱顿家，但那天汤姆·莱顿揭开的血淋淋的旧伤疤似乎已经被绷带般的沉默包裹起来，就像伤口需要愈合，生活才能继续一样。

直到假期的最后一天下午，大概是嗅到了学校生活即将回归的枯燥而熟悉的味道，约瑟夫忍不住再次向汤姆·莱顿发问，正是这个简单的问题揭开了更多关于汤姆·莱顿的种种不解之谜。

“你是什么时候又开始养蚕的呢？”

“在医院里。”

“从越南回来之后？”

“是的。”

约瑟夫以为这次断断续续的对话很快便会结束，就像过去许多次对话那样，如同微弱的火苗，免不了被沉重潮湿的木材扑灭，然而到了最后一刻，还是汤姆·莱顿温柔地把原本奄奄一息的火焰扇得旺了起来。

“我住在一间多人病房里，护士鼓励大家找点事做，比如听音乐、玩牌，培养爱好什么的。一天，一位护士带来几条蚕，大家都不怎么感兴趣，我也不想要，我早就厌烦它们了。”汤姆·莱顿阴郁地说。

“有个病人，巴蒂斯塔太太，最后说她会照顾这些蚕。她每天都把蚕喂得饱饱的，假如没有及时更换桑叶，她就会很焦躁，害怕蚕会死掉。她从来不许它们离开自己的视线。护士们有点担心，想要把蚕拿走，可她怎么都不让，要是别人碰了蚕，她还会尖叫。她威胁说，要是把蚕拿走，她就自杀。医生也开始怀疑让她养蚕究竟是不是个好主意。我猜他们最后得出了否定的答案。”

“为什么？出了什么事？”

“蚕开始吐丝结茧的时候，情况似乎有所改善，因为不用天天喂食，巴蒂斯塔太太变得平静下来，心情也开朗了。蚕茧激发了她的好奇心。第一只蚕蛾破茧的那天早晨，她在病房里手舞足蹈，捧着养蚕的盒子给每一个人看，从没见过她这么高兴。”

汤姆·莱顿机械地把蚕从一个盒子移到另一个盒子里，思绪仿佛迷失在久远的回忆中。约瑟夫已经习惯了这种状态，他知道，当细若游丝的对话半途中断，假如自己轻轻地拉扯一下，这条线索便有可能继续延伸释放，当然也有可能就此断裂。

“为什么让她养蚕是个坏主意？”

汤姆·莱顿慢条斯理地继续说：“第二天早晨，巴蒂斯塔太太的椅子空着，护士把装蚕茧的盒子拿进病房，搁在靠墙的书架上。我们问巴蒂斯塔太太去了哪里，他们只是说她情况不太好。后来我们听说，他们发现她躺在自己房间的角落里，身上紧紧裹着被单，勒到无法呼吸。他们想要解开被单，但她尖叫着说‘太早了’，她还没变成蛾。”

“她后来怎么样了？”

“她被送进加护病房，但也无济于事，因为她拒绝进食，总想把自己裹起来，用她能找到的所有东西。他们只好一刻不停地盯着她。最后她变得十分虚弱，连给自己裹被单的力气都没有了。所有人都对她无能为力。这些都是我出院后听一位护士说的，巴蒂斯塔太太去世那天晚上是她值班。巴蒂斯塔太太最后瘦得皮包骨头，她说的最后一句话是：‘他们为什么要抢走我的翅膀？’”

“你把蚕带走了？”

“护工想扔掉它们，我就问能不能交给我，他们听了不太高兴。其实我不是自己要养，而是打算等巴蒂斯塔太太好转后还给她，说不定她又会笑着跳起舞来。最后他们同意了，我猜他们是知道巴蒂斯塔太太回不来了。”

汤姆·莱顿的眼里掠过一道忧伤的暗影。他吸了一口气，继续道：“接下来的几周，我看着全部蚕蛾孵化，交配，在盒子里产满黄色的卵，看着这些卵变成棕色，再变成灰色，再看着原先的蚕蛾一只接一只慢慢地死掉。我留下了蚕卵。有人告诉我，把它们保存在冰箱里，到了春天拿出来，它们就会孵化。我不知道该不该信，它们看起来已经死了，但我还是留下了它们……为了巴蒂斯塔太太。”

汤姆·莱顿的声音越来越小。他抬起头，望向约瑟夫期待的眼睛。“四个月后，他们说我已经康复，可以出院了。一位护士答应帮我照看蚕卵，直到巴蒂斯塔太太回来。我在医院门口等卡罗琳来接我，但她那天迟到了。医院里的人大概以为我早就走了。我看到一个清洁工走出来，把一些垃圾倒进离我不远的垃圾箱，其中有个盒子，正是巴蒂斯塔太太的蚕卵，于是就把盒子从垃圾箱里翻了出来。我也不知道自己为什么要这么做。”

“后来它们孵化了。”约瑟夫总结道。

“是的，我差点忘了它们。春天到了，我随手把盒子拿出来，放在我住处的那台冰箱顶上。有一天，我往盒子里一看，发现里面全都是活生生的小幼虫，于是我出去摘了些桑叶。一切就是这么开始的。”

“从那时起，你每年都会养蚕？”

“是的。”他说，然后严肃地补充道，“我认为它们是生命的象征。”

“它们反映了生命的真实面貌——”汤姆·莱顿解释道，“出生，活着，死亡。它们的生命没有目标，没有意义，在幸福的无知中毫无意义地存在着，直到有人把它们扔进垃圾箱。”

汤姆·莱顿语调中的空虚让约瑟夫感到可怕的寒意。“可怜的巴蒂斯塔太太，梦想着拥有翅膀，不会飞的蚕蛾的翅膀。她梦想像它们一样，但她早就成了它们。我们都是蚕蛾，扑腾着孱弱的翅膀，梦想着自己能够飞翔。”

他把一个鞋盒拖到面前，斜过来一点往里面看。“二十年来，我看着这些可怜的小东西活着、死去，它们是在向自己，或者向我展示什么吗？我自己又有什么可展示的呢？”他伸出右手，拉开书桌最上方那只抽屉，“只有这些。”

约瑟夫趴到抽屉边沿，想看看里面有什么。起初他以为抽屉里会像海盗藏宝箱一样装满了金银财宝，但立刻就发现那是数百个蚕茧，在午后阳光的照射下熠熠生辉，反射着或淡黄或金橙的闪光。

“哇哦，瞧瞧它们！”约瑟夫惊叹道。

汤姆·莱顿没有回应，他合上抽屉，又拉开下面那只，这只抽屉里同样装满了蚕茧。

“加起来得有好几百个了。你打算怎么处理它们？”

“没打算，就这么放着。我也曾想过，或许它们有一定的用处，或许可以证明它们勤恳烦琐的工作并非徒劳，或许我并不了解它们一代又一代作茧自缚的真正目的和原因，然而现在……我不再试图寻找答案。蚕吐丝成茧，我收集蚕茧，仅此而已。除此之外，它们和我又能做什么呢？”

“那又是怎么回事？”约瑟夫问，指指汤姆·莱顿身后的记事板。

记事板上钉着一块黑色的硬卡纸，四周细心地缠着一根柔软的黄色蚕丝。“这是我为巴蒂斯塔太太做的，这根蚕丝是从第一批蚕茧中抽出来的。我去医院复查的时候带上了这个，想顺便拿给她看，这才知道发生了什么。”汤姆·莱顿合上抽屉，推开椅子站了起来，走到屋子另一头的柜子前面，伸手进去拿东西。他转过身来，手里捧着一个新鞋盒，然后走到书桌旁边，把鞋盒放到约瑟夫面前。“你愿意帮我挑选留下来的蚕吗？”

“你想留下多少？”

“十二条。”汤姆·莱顿果断地回答，“我总是留十二条，最初就是这么多。”

约瑟夫在新鞋盒里铺了厚厚一层新鲜桑叶，开始从其他盒子里挑出最大的蚕。“你什么时候把别的蚕送走？”

“卡罗琳明天会送走一部分。”

汤姆·莱顿看了约瑟夫一眼，似乎还有话说，但很快又转过身去，心不在焉地拨弄了几下桌上的纸盒，然后看着正在仔细挑蚕的男孩。“如果你想要……可以选一些带回去……自己养，”汤姆·莱顿犹豫地说，“这样你就不用特意过来看它们了……假如你不想来的话。”

约瑟夫知道汤姆·莱顿为他提供了一个离开的选项和退出的理由，但他并不确定自己是否打算接受这个选项，他抬头看着男人的脸，想要寻找些许启示，然而对方的表情依然冷淡莫测。他想起自己曾经无数次渴望逃离汤姆·莱顿那令人窒息、荒凉萧瑟的世界，然而，尽管对方悲观绝望，约瑟夫还是忍不住被他吸引，被这个痛思挚友的人吸引，被这个从垃圾箱里拯救蚕卵、二十年来始终帮助这些小生灵活下去的人吸引。

“谢谢，可是……妈妈未必希望在家里养蚕，我们家也没有桑树。我可以从你们家的树上摘，但是……我不介意到你家来看它们，假如你也不介意的话。”

汤姆·莱顿点点头，缓缓地踱回柜子前，关上柜门，背对着约瑟夫。

“莱顿先生？”约瑟夫有点不适应地叫道。这样大声喊出对方名字的感觉很奇怪，就好像揭开了一个本该隐藏起来的秘密。

男人微微偏了偏身子，约瑟夫只能看到他的侧脸。

“我喜欢到这里来，看蚕……还有你。”

汤姆·莱顿的脑袋再次不自然地动了动，表示他听到了，但他依然面对着旧木头衣柜，好像在等电梯。

“时间不早了，我该走了，明天要上学。”约瑟夫终于说。

他以为对方会回应，但什么都没等到。

“我已经挑好了十二条蚕。”他补充了一句，站起来往外走，经过汤姆·莱顿身边时，又徘徊了片刻。

“再见。”男孩说。

作为回应，汤姆·莱顿含糊地嘟囔了几句，约瑟夫虽然听不太清，但确定对方提到了自己的名字。这就足够了。

10

星期一的早晨，本学年的最后一个学期姗姗而来，带着春天独有的燥热，向夏季绿洲般遥远的圣诞节假期缓缓前进。接下来的几天，卡罗琳开始往各处送蚕，约瑟夫主动帮忙，负责把其中一盒送到圣犹大教会小学。

星期三下午，他匆匆忙忙从学校赶回家，换下校服，向小学进发，以前的小学老师加德纳夫人正在那边等他。这天的空气湿热难耐，大块的紫色云层像瘀青一样把下午的天空遮挡得密不透风。约瑟夫拐过阿什格罗夫大道的小弯时，气温明显下降了许多，空气中泛起雨天特有的金属气息，在奇异的天色映照下，周围的房屋闪烁着白光。第一阵急雨很快落了下来，大颗的雨滴打在鞋盒的盖子上，约瑟夫开始朝最近的避雨处跑去。

跑进公交车站的候车亭时，雨已经泼了下来，他的左右两侧及后方是候车亭的三面薄金属墙，面前是一道白亮的雨帘，顺着铁皮屋顶倾泻而下。约瑟夫迅速跑到长凳的一头，抬起脚来，把纸盒搁在腿上，蜷缩着坐在角落里，远离地面上飞溅的水花和纵横流淌的小溪。

此时的雨不像是落下来，而是受到某种更强大的力量驱使，猛烈往下砸，砸到屋顶上，发出擂鼓般的轰鸣，像是在演绎乐章的高潮部分。尽管暴风雨在外肆虐，约瑟夫却笼罩在一种奇异的平静中，铁皮墙、水幕墙和声音墙妥帖地包围着他，他的内心仿佛与外界的混乱彻底隔绝。

倾盆大雨似乎没有停歇的迹象。他只能坐着等，没有其他事可做，也没有别的问题需要解决，外面的世界于他而言仿佛不复存在。他是干燥和安全的，这是唯一重要的事。

约瑟夫伸出手去感受金属墙的凉爽和潮湿，他惊讶地发现，自己呼出的气息竟然凝结成了微弱的白雾，于是用鼻子深吸了一大口气，转过脸对准金属墙，慢慢地向外吐气。他不由自主地朝自己喷吐出来的那片在虚空中翻滚、转瞬即逝的白雾笑了笑，再次深吸一口气，比上次还要用力，让它填满整个胸腔，几乎要疼起来，然后，就在他准备呼气，解放肺叶的负担时，那件事情发生了。

候车亭外的雨帘像爆竹一样炸开，化为数千点四处飞溅的水滴，奔跑怪人闯进了约瑟夫自得其乐的小天地。他离男孩只有一米之遥，步履蹒跚，浑身上下散发着躁动不安的气息，仿佛不知道旁边还有个人。根植在内心深处的无声的恐惧攫住了约瑟夫，像藤蔓那样开始疯长。奔跑怪人离得这么近，太近了，他只要伸出手就能碰到对方破烂、油腻又潮湿的羊毛套头衫。

约瑟夫这才突然意识到自己的胸腔满是气体，肺部烧得难受，但他吓得不敢呼吸，生怕空气分子一头撞到奔跑怪人弓腰驼背的身体上，或者惊扰到他衣服上的纤维，让他停止浑然忘我的发癫，突然站住，察觉到下一个猎物的存在。

就在缺氧让约瑟夫开始头晕眼花的时候，奔跑怪人转过身来。约瑟夫再也忍耐不住，肺里的气体冲开紧咬的牙关，不受控制地颤抖着喷了出来。

两人的目光交汇只持续了一秒钟，但当约瑟夫回想起这一刻时，却觉得奔跑怪人当时的样子在他的记忆中打下了永久的烙印。而他记得最清楚的，并非对方一绺绺滴着雨水的长发，也不是脸颊下方的可怖凹陷，而是奔跑怪人的眼睛。它们瞪得很大，眼神中既没有疑问也没有惊讶，而是一种无可名状的悲哀，仿佛目睹过某些可怕的场景，被它们灼伤，于是在这双眼睛里面，现在的世界不过是些模糊的虚影，在阴暗沉重的雨帘后面毫无意义地晃来晃去。

约瑟夫突然觉得，好像在什么地方见过这样的眼睛，脑海中紧跟着回响起一个低沉单调的声音，念出可怕的诗句：“不管我飞到哪里，哪里就是地狱，我自己就是地狱。”

不知道奔跑怪人是否也被约瑟夫吓了一跳，总之并没有表现出来。他的视线只在约瑟夫身上停留了一瞬，似乎把他当成了候车亭中的装饰物，接下来他的眼睛一下子瞪大了，好像猛兽发现自己被困在了笼子里，他焦躁地在原地飞快转身，长发上的一股水流甩到了约瑟夫脸上，装蚕的纸盒也被打湿了。不可思议的是，在擂鼓般的雨声中，奔跑怪人竟然好像听到了水滴溅在纸盒上的声音，立刻猛地转过身来，眼珠来回扫视着纸盒和约瑟夫，就像一台疯狂的弹子球机。

约瑟夫从未想到过逃跑。屋顶上垂落的密实雨帘就像一道难以穿越的铁栅栏，而且，逃跑的动作太过繁琐，首先得把脚从长凳上放下来，落地，抬腿，完成这一系列动作的同时，还得时刻警惕有没有一只骨瘦如柴的大手伸过来，抓住他的后脖颈。恐惧稳稳地蹲伏在约瑟夫胃里，简直像癌症一样。

最终，约瑟夫意识到必须开口说点什么，组织几个词句，发出一些声音，至少在两人之间隔开点什么，还不能太过刻意。所以，当奔跑怪人的视线再次转到约瑟夫抱在胸前的纸盒上时，男孩听见自己说："里面是蚕……盒子里。"

对方毫无反应，他只好铤而走险："你看。"

约瑟夫笨手笨脚地掀开盒盖，桑叶的浓郁味道顿时弥漫在狭小的空间里。

奔跑怪人愣了片刻，突然翕动了嘴唇。

约瑟夫只用了不到半秒的时间就反应过来，奔跑怪人打算干什么。这个他童年时代的无声幽灵，拖着脚步鼓着眼睛的食人魔，竟然要开口说话了。可是，假如时间能够冻结，他宁愿让它停留在奔跑怪人张嘴之前的那一刻，他知道自己永远也猜不出对方会说些什么，也完全来不及去猜。说完之后，奔跑怪人立刻转身冲了出去，如同廉价恐怖片中的鬼魂，消失在茫茫雨帘中。

约瑟夫闭上眼睛，脑袋无力地垂到胸前。他自以为了解的世界颠覆得猝不及防，需要一点时间重回正轨。当心跳终于平缓，紧抓鞋盒的手指也松开的时候，约瑟夫睁开双眼，望向面前的虚空。他又是孤身一人了，但还有两样令人畏惧的东西留在了空气中——奔跑怪人衣服上发霉的气味，还有他临走前那句让人熟悉又不安的话。

"一生都住在盒子里！"他说，"世世代代……"

“他知道那首诗！”第二天去莱顿家的时候，约瑟夫难以置信地告诉面无表情的汤姆·莱顿。

“你确定吗？”

“确定，他把整个句子都背出来了：‘一生都住在盒子里！世世代代……’背完就走了。”

约瑟夫不知该如何描述昨天下午他有多么震惊。就算奔跑怪人恶毒地诅咒他，朝他喷火，抢走蚕宝宝当着他的面生吞下去，都不至于让他如此震惊。他以为对方会做出野蛮行径，没想到却等来一句诗。

“他怎么会知道那首诗……他竟然还知道诗？究竟……”一大堆问题在约瑟夫脑中盘旋交错，他反倒一句也问不出来了。

“也许他上学时学过那首诗，”汤姆·莱顿说，“我就是在学校里学的。那时候流行养蚕，老师很可能选这首诗教给学生。”

“大概吧，可是……”

汤姆·莱顿的解释让约瑟夫更迷惑了。想到奔跑怪人也许曾经是个跟他一样的小男孩——坐在教室里，跟朋友说笑，写作业——他就觉得不可思议。在他眼里，奔跑怪人始终是个穿行在世界边缘的暗影，而这句诗让他冲破了男孩设定的方框，悄悄向约瑟夫逼近。

“显然是个巧合。”汤姆·莱顿总结道，“或许有点让人惊讶，但奔跑怪人可能也有不为人知的一面。”

“就像你对蚕的看法？”

“对，就是那样。当你掀开盒盖，看到的可能是蛾子、蚕卵或幼蚕，也有可能只是蚕茧，你根本不知道蚕茧里面有什么。”

汤姆·莱顿好像变得不一样了，虽然他的言谈举止还是一如既往地冷漠，但约瑟夫觉得和他更亲近了。

“也许你只看到……那个人的一部分，并不代表他的全部，也不代表过去的他，或是未来的他。也许他自己并不想这样。但有时候，人会被某种状态困住，不知所措，动也不动……就像定格在琥珀里的昆虫。人们只看到他的这一面，再过一阵子，他也开始如此看待自己，然后就再也难以打破枷锁了。”

汤姆·莱顿讲得如此诚恳，就像认识奔跑怪人一样。听到最后，约瑟夫甚至怀疑他说的是不是奔跑怪人。

“是什么改变了他？你觉得他遇到了什么事？”

“原因有千万种。人的一生会经历各种难以预测的事情，每个人都要扛起一些……行李，带着上路。有时候行李太多太重，甚至会把人压垮，让他们再也爬不起来。最后他们自己就成了这些行李，一生都想着如何扛起，最后都没人能看得见他们，只看到行李，而不知道那下面还有人……”

汤姆·莱顿的声音逐渐消失，最后他静默地坐在桌旁，仿佛博物馆里的雕像。

“我觉得他可能是病了，或者遇到了可怕的意外。”约瑟夫猜测道。

汤姆·莱顿茫然地直视前方，点了点头，然后喃喃自语道：“或者是野兽冲破了束缚。”

“野兽？”

汤姆·莱顿脸上浮现出惊讶和困惑交织的复杂神情，仿佛约瑟夫读懂了他的心思。

“你刚才说野兽什么的。”

“那是我以前看过的一个故事。”

“什么故事？”

“有个父亲生儿子的气，想要给他一个教训。”他不情愿地解释道。

约瑟夫感到一阵愧疚和懊悔，然而好奇心最终占据了上风：“野兽呢？”

“那是故事的一部分。”

“你能给我讲讲吗？”

汤姆·莱顿慢悠悠地讲了起来：“故事发生在古时候的日本。一个非常有钱有势的人生了个傻儿子，儿子有个朋友，两个人总是凑在一起取笑别人，用一些愚蠢的恶作剧捉弄大家。父亲认为儿子已经长大，应该负起成年人的责任了，但儿子根本不听他的话。有一天，儿子和他的朋友点燃了一串爆竹捉弄人，最后竟然引发了一场大火，有人差点因此丧命。父亲很生气，他希望儿子接受教训，可过了几天，儿子又故态复萌了。”

汤姆·莱顿停了一下，抬头确认男孩是不是还在听。

“父亲后来做了什么？”约瑟夫问，似乎想要打消汤姆·莱顿的疑虑。

“他建造了一座巨大的迷宫，墙壁有两人高，一个人是翻不过去的。迷宫的外墙是用石头造的，只有一个入口，一旦进去，就只能在无数条几英里长的走廊里转来转去。内墙由最精美的纸张做成，画着精致的壁画。父亲蒙上儿子的眼睛，绑住他的手脚，命令仆人把他抬到迷宫的中心。他告诉儿子，维持生存的物品都可以在迷宫里找到，每天仆人都会在迷宫的某个地方藏下新鲜的食物。最后，父亲告诉儿子，他在这里并不孤单，很快就会有一只比老虎还要凶猛的野兽进入迷宫，他必须在迷宫里生存一个月，借此认识到人生不是闹着玩的，知道人应该对自己的行为后果负责。为了保护自己，儿子会得到一把剑。然后父亲就和仆人离开，封闭了迷宫入口。等到儿子松开蒙眼布和手脚上的捆绑时，发现自己只身一人。”

“后来呢？他熬过了一个月吗？”

“他在迷宫中提心吊胆地游荡，躲避那头野兽。有时他能听见野兽的声音，有时他会透过纸墙看到一个模糊的影子，吓得拔腿就跑，有时他甚至发现自己的食物被吃掉了。他始终觉得，在那些美丽的壁画后面，潜伏着那头可怕的野兽，随时都可能冲破纸墙，朝他扑来。”

汤姆·莱顿再次抬起头看着约瑟夫：“奔跑怪人就像这个儿子，野兽可能冲破了纸墙，抓住了他。”

约瑟夫微微皱起眉头。

“我们都像是这个故事里的儿子——你、我、你的奔跑怪人，每个人。我们在人生的迷宫中漫游，纸墙上的美丽壁画让我们有一种安全愉悦的错觉，然而那不过是纸，最终会破掉，露出各种我们不想看到的恐怖事物。虽然我们不愿意见到它们，但它们始终躲在后面，等待时机突袭，无论你怎么祈祷，都无法阻止它们。”

汤姆·莱顿忧郁的讲述让房间里的气氛越发沉重，约瑟夫起先对故事的兴趣和好奇早就荡然无存。

“我是说，”汤姆·莱顿接近道歉般地喃喃道，“也许你的奔跑怪人遇到了什么坏事，才变成现在这个样子。”

“故事的结局呢？儿子走出迷宫了吗？”

汤姆·莱顿没有急着回答，他思忖片刻，用说书人给故事结尾时的特有语调说：“随着时间一天天过去，儿子变得越来越疲惫、饥饿和绝望，可他根本睡不着，害怕野兽攻击他。最后，他决定等待野兽出现，然后杀了它。有天晚上，他正在吃自己找到的食物，突然听到野兽靠近的声音，就在隔壁的走廊里。他站在那里一动不动，手中握着出鞘的剑。眼看墙上的黑影越来越大，逐渐形成了模糊的轮廓，儿子吓得瑟瑟发抖，但还是把剑刺进了薄薄的纸墙。他感觉到这把剑穿透了隔壁野兽的身体，当他抽回剑来，发现上面滴着血，他高兴地大喊大叫，兴奋地把墙砍开一个口子。然而当他借着月光去看墙那边的尸体时，却发现根本不是什么野兽。”

“那是什么？”

“是那个跟他一起捉弄别人的朋友。”

“他的朋友？”约瑟夫不敢相信。

“是的。”

约瑟夫皱起眉头，试图将故事的拼图凑到一起，他慢慢地说：“你是说……父亲把他们两个都关进了迷宫，儿子和他的朋友……给他们讲了同样的故事，野兽要吃他们？”

“看起来是这样。”

“其实根本没有什么野兽，只有他们自己……”

汤姆·莱顿竖起脑袋，等待男孩继续分析下去。

“可要是朋友先出了剑呢？他也可能杀死那个儿子，以为是野兽。”

约瑟夫的眉头越皱越紧，若有所思地说：“而且，在某种程度上……儿子确实是野兽，对不对？只不过他不知道而已。”

汤姆·莱顿目不转睛地盯着约瑟夫，仿佛第一次见到他似的。

约瑟夫抬起头，在对方的审视下不自在地拧了拧身子。“那个父亲怎么能这样做？他肯定知道会发生什么，否则为什么给儿子一把剑？”约瑟夫摇了摇头，“还不如直接把他儿子丢给真正的野兽。”

“也许，”汤姆·莱顿说，“这是那个父亲希望儿子学到的另一个关于人生的教训。”

“什么教训？”

“总有更糟糕的事。”

一周之后，第一批蚕开始结茧了。约瑟夫从汤姆·莱顿那里了解到蚕宝宝经历的五次蜕皮，学会了如何通过肉眼可见的迹象判断下一个阶段何时开始。很快，他便能熟练地根据幼蚕绷紧的皮肤那微黄的色调、头部的发白程度以及最后排出的污浊液体得出它们即将结茧的结论。

时间一到，这些肥硕的蠕虫便一个接一个地被安置在由十二个小隔间组成的盒子里，它们将在这里进行为期三天的编织劳作。每条蚕宝宝会把自己固定在纸盒内侧，用金色的蚕丝为自己制造一个脆弱、缠结的摇篮支架，在蚕丝支架的支撑下，精准地吐出连绵不断的蚕丝，坚固的椭圆形蚕蛹便在蚕茧内部慢慢成形。透过逐渐变厚的蚕茧，可以隐约看到里面的蚕，就像躲在纸墙后方蠢蠢欲动的神秘生物，被不可阻挡的欲望驱使，追求着某种意义不明的启示。

吐丝，结茧，

睡吧，睡吧，

我们很快就会在梦中相见。

看着幼蚕不知疲倦地编织茧壳，在丝线造就的坟墓中彻底迷失自我，这些句子像赞美诗一样在约瑟夫脑海中回响起来。

又过了一周，最后一批蚕也住进了其余的隔间，它们已经不再需要新鲜的桑叶，约瑟夫也失去了频繁拜访莱顿家的理由。在卡罗琳的建议下，约瑟夫说好下周六再过来，继续给汤姆·莱顿画肖像。“为杰作画龙点睛。”卡罗琳乐呵呵地说。

约瑟夫欣然接受了这一邀请。尽管约瑟夫偶尔还是会被汤姆·莱顿的孤僻沉默弄得神经紧张，但他已经开始享受两人相处的时光。他有种感觉，汤姆·莱顿还有更多故事没说出来，也许再讲一个故事，就能打开多年来一直囚禁他的绝望的蚕茧。然而，尽管约瑟夫非常希望汤姆·莱顿重获自由，但也担心深渊的入口开启后会释放出可怕的东西。那句“总有更糟糕的事”仿佛敲响了阴恻恻的警钟，约瑟夫讨厌它背后的言外之意。

那天晚上，约瑟夫躺在床上，想起了许多事——汤姆和卡罗琳·莱顿在父母的房子里一起生活多年，莫索普夫人以邻里福祉的守护者自居，自己与父亲在心理和距离上的双重疏远，母亲每天独自一人在客厅看电视，奔跑怪人急匆匆地穿过空荡荡的街巷。最后他想到了蚕。它们舒适地蜷伏在蚕茧中，完成最后一次蜕皮，变成坚硬的蚕蛹，这种等待和变化是什么感觉？它们知道接下来会发生什么吗？汤姆·莱顿告诉他，大约两周之后，蚕蛾会破茧而出，进行交配。再过七天，它们就能产卵，然后死去。所以，还有三周，这些蚕的生命周期就会画上句号。

约瑟夫拉起被单盖住肩膀，蜷缩进舒适的被窝。他不知道的是，同样在三周之后，他的人生也将发生巨大的改变。短短三个星期，他过去对别人和自己的看法将会像蜕去的皮一样被丢弃在脚下，即便外表看上去还是以前的那个男孩，但他的自我即将变得与现在截然不同，犹如幼蚕化为蚕蛾。

11

下周六到了，这次会面比往常轻松了许多。约瑟夫不再被两人相处时惯有的沉默吓到，进而第一次让自己完全沉浸在了绘画之中。

两人偶尔的几次交流都是围绕蚕的话题展开的，汤姆·莱顿认真详细地回答了约瑟夫的各种提问。只有一次，汤姆·莱顿主动问起戴维森先生会不会回家过圣诞节，随后整个房间再次陷入不安的沉默，只不过这一次自我封闭、缄口不言的是约瑟夫。

约瑟夫起先只是对已经完成的素描进行细微添改，后来，他分别给汤姆·莱顿的双手和面部画了特写，试着捕捉和表现他修长手指的柔和力度、前额的皱纹、下撇的嘴角和丰满的耳垂。

最让约瑟夫头疼的还是汤姆·莱顿的眼睛。浮肿的眼袋包裹着不大的深色眼珠，上面罩着浓密的金色眉毛，这些他都可以分别画出来，可一旦组合起来却总感觉少了点儿什么。他又想起从前的美术老师德-格鲁特先生热情拥护的理论：假如要画一只手，你必须了解手部的肌肉和骨骼，赋予它形状和功能。然而，对约瑟夫而言，汤姆·莱顿的眼睛就像一个始终紧闭、难以接近的房间。

“我不想再画了。”最后他抱怨道，放下铅笔，扫视着手中的素描。

汤姆·莱顿小心翼翼地站了起来。

约瑟夫把速写簿搁到一边，准备过去看看那十二只蚕茧，却被搁在其中一座书架底层的东西吸引了。“你拿了些书上来？”约瑟夫惊讶地回头看着汤姆·莱顿。

“只有几本。”汤姆·莱顿有点不好意思，好像干坏事被抓住了一样。

"你要把剩下的也搬上来吗？"

"不……不一定。"

"书架上还有很多空位。"

"我不知道……得先给书分分类，我——"

"我可以帮忙，如果你愿意。"

汤姆·莱顿看着约瑟夫期待的脸，又看看空荡荡的书架，犹疑地说："这可是个大工程，需要不少时间。"

"没关系，我可以在家完成肖像画，而且，蚕宝宝现在也不需要照顾。"

汤姆·莱顿无奈地看着眼前这个男孩，就像看着一个主动请缨的士兵，参加的很可能是一场有去无回的战役。"我，我不知道……"

"我们不用一次全都干完。"

"应该不用。"汤姆·莱顿动摇了。

"这么说你同意了？"

汤姆·莱顿沉吟许久，终于决定让步，他闭了闭眼，轻声说："好吧。"

约瑟夫看着空空如也的书架，不甘心地追问道："我们现在就开始吧？"

"你们要去哪儿？"卡罗琳见约瑟夫和汤姆·莱顿出现在走廊里，好奇地问。

听到对方的回答，卡罗琳吃了一惊，努力保持的快活劲儿也突然消失了。"你的书？你要把书拿到楼上来？"她低声问，来回扫视着眼前的两个人。

“是的。”

“好吧……这是好事，汤姆。”卡罗琳渐渐恢复了镇静，“反正你的房间有的是地方，可以好好利用一下。等我处理完这些账单，就过来帮忙。”她微微皱了皱眉，补充道，“但你得悠着点，汤姆，不用着急。”

“我没事。”她哥哥干脆地说。

约瑟夫跟着汤姆·莱顿走进楼下的房间，晚春时节的温暖气候让这里显得越发拥挤憋闷。汤姆·莱顿打开昏暗的顶灯，首先挪开家具和各种杂物，然后在一大堆纸箱中挑出几个有书的箱子，集中到一起。尽管约瑟夫始终热心帮忙，但等到这一步做完，汤姆·莱顿已经累得喘起粗气，T恤后背也湿透了，显出一大片倒三角形的汗渍。

有一个纸箱裂开了，里面的一部分东西掉了出来，约瑟夫尽可能多地捡起散落在地的书，开始往楼上走，搬着一整箱书的汤姆·莱顿紧随其后。当他们返回楼下准备拿第二批的时候，约瑟夫透过厨房的门缝瞥见了卡罗琳担忧的神情。

回到杂物间，两人在大大小小的盒子里翻找一通，终于又找出一个装满书的纸箱。约瑟夫抬起一摞摇摇欲坠的小说走到门口，回头看见汤姆·莱顿满脸通红，全都是汗。

“你还好吗？”

“嗯，我没事。你先走，我一会儿就上去。”男人喘息着说。

约瑟夫爬上楼梯，摇摇晃晃地穿过走廊，来到汤姆·莱顿的房间，刚想把宝塔一样高的书放到地板上，一个没放稳，手里的书像多米诺骨牌一样哗地摊了一地。约瑟夫只好跪在褪了色的地毯上重新搭起书塔，快要建完的时候，他听到楼梯嘎吱作响，然后是有人穿过走廊的脚步声。突然，楼板传来低沉的砰砰声，约瑟夫急忙冲进走廊里。

几乎与此同时，卡罗琳也冲了出来。只见汤姆·莱顿面如死灰地站在走廊里，向前伸着胳膊，仿佛搬着一个无形的箱子，一只纸板箱横在他脚边。

卡罗琳抢在约瑟夫前面跑过去，二话不说，把手伸进哥哥的衣袋，掏出一瓶药片，往手心里倒了一片，塞进他嘴里。“你能去拿杯水来吗，约瑟夫？”她扶着哥哥，强自镇定地说。

约瑟夫快步走进厨房，庆幸自己总算能帮上一点忙。当他回到走廊，把水递给卡罗琳时，汤姆·莱顿脸上的红晕已经开始消退。

“麻烦放到汤姆床头，约瑟夫，然后回来帮我扶他进房间。”

约瑟夫连忙照办，然后两个人一左一右，搀扶着汤姆·莱顿慢慢地回到房间，让他躺在床上。

“喝点水吧，汤米，”卡罗琳安抚道，“没事了，慢一点。”

汤姆·莱顿抿了一口杯子里的水，又躺回去，闭上了眼睛。

卡罗琳把杯子递给约瑟夫，说：“约瑟夫，你能把杯子送回厨房吗？我一会儿就过去。”

约瑟夫把杯子放进水池，坐在厨房的松木小桌旁等卡罗琳。听她的语气，危险应该已经过去，但汤姆·莱顿那目光呆滞、伸着胳膊的石雕一般的模样，始终在他脑海里徘徊不去。

过了很久，卡罗琳才回到厨房，跟约瑟夫一起坐在桌旁。

"你还好吗？刚才肯定吓了一跳吧？他会没事的。"她拍着约瑟夫的胳膊保证，"以前就发生过这种情况，但不经常，感谢上帝。其实并没有看上去那么糟。他的心脏有点毛病，不过小心一些，别太累就没关系。有时候他忘了这回事，累得犯了病，只要马上吃药，休息一下就好了。"

卡罗琳闭上眼睛，生气地揉着额头说："搬那些该死的书，真不知道他是怎么想的。"

"对不起，是我建议他把书搬上来的，还说我会帮忙……我不知道……"约瑟夫赶紧解释。

"不，不，不是你的错，约瑟夫，完全不是。你不知道我有多高兴，看到那些书回到书架上，简直不敢相信这是真的。只不过，他应该量力而行。"

尽管卡罗琳这样说，约瑟夫还是低下头，忍不住感到愧疚。

察觉到他的忧虑，卡罗琳温柔地继续说道："约瑟夫，你不知道对于我哥哥，还有我来说，你有多好，我还没来得及好好感谢你。我知道你能来我们家并不容易，我非常理解。我觉得你非常勇敢，非常善良。你可能自己都没意识到，但你确实在帮助他。我也试过……但是……"

卡罗琳思绪杂乱，一时间说不出话来。"我哥哥有他自己的问题，约瑟夫，但他以前并不是这样的。他遇到了一些事……很坏的事。"

"在越南？"

卡罗琳瞪大了眼睛，完全无法掩饰脸上的惊讶。

"他跟你说了越南的事？"

“我看到一张照片，给蚕找盒子的时候，是他在越南牺牲的朋友的照片，他给我讲了他的事。”

“他怎么说的？”卡罗琳故作轻松地问，但谁都能看出来她很紧张。

“他的野战排落入一个越南小孩的圈套，他的朋友和其他人都死了。”

卡罗琳静静地坐在那里，一动也不敢动。“还有别的吗？”她低声问，没敢看约瑟夫的眼睛。

“他讲了自己是怎么逃命、怎么被带回基地的，他们以为他想杀随军牧师，但他不是真的打算杀人。”

卡罗琳沉默地等待片刻，直到确定男孩已经说完，这才试探地问：“他还说过……别的什么吗？”

约瑟夫回忆着过去几周发生的事：“是的，关于他住院时的事……还有当老师什么的。偶尔也说些小时候的事，或者念念诗，讲讲故事……还有蚕。当他难过或生气的时候，会说一些我听不太懂的话……”

卡罗琳感同身受地朝约瑟夫笑笑。“我觉得他有时候可能自己也搞不懂自己。”她抬起头来说，“他以前可不是这样。从前的汤姆热情开朗，总是充满希望。要是你能认识那时候的他就好了，约瑟夫，我敢肯定，你会喜欢他的。”卡罗琳再次低下头，长直的头发像帘子一样垂下来，遮住了她的脸。

“我现在也喜欢他。”约瑟夫干脆地表示。

卡罗琳瘦削的脸上每一条筋肉都绷紧了，仿佛在以某种难以承受的速度飞速前行。约瑟夫手足无措地坐在那里，看着大颗大颗的泪珠从她眼里涌出来，滚下脸颊，落到衣服上，形成一摊暗色的水渍。她隔着桌子伸出一只手，抓住约瑟夫的胳膊，另一只手抹着脸上和眼睛里的泪。“抱歉，约瑟夫，让你见笑了，这样哭鼻子是不是像个没长大的小姑娘……”她停下来，重重吐了一口气，“你刚才的话对我哥哥来说太重要了，你根本想象不到有多重要。他也喜欢你。我知道他很难表达出来，但他真的喜欢你。只是……他不敢让自己……去感受。他太害怕了。二十多年来，我一直在努力尝试分担他的痛苦，但是没能帮到他。”她顿了顿，难过地看了约瑟夫一眼，“他什么都不相信，甚至恨自己。约瑟夫，我没有办法走进他的内心，我没能帮到他……”

约瑟夫不知道该说什么，但他明白卡罗琳说得对。尽管过去几周汤姆·莱顿不再那么拒人于千里之外，但总有一种说不清道不明的东西在房间里徘徊，如同一个幽灵。这么多年过去了，汤姆·莱顿还在为朋友的死而自责吗？这就是他一直如此忧郁的原因吗？或者用他自己的话来说，还有“更糟糕的事”困扰着他？

卡罗琳拖动椅子的声音打断了约瑟夫的沉思。他抬起头，看到她已经站了起来，正拿着手绢擦脸上的眼泪。

“我去看看汤姆，很快就回来。我想让你看一样东西。”

说完她就出去了。约瑟夫听到汤姆·莱顿房里响起小声说话的动静，接着卡罗琳从她哥哥房间出来，朝门厅走去。她回来时，手里拿着一本鼓鼓囊囊的剪贴簿，里面的纸已经泛黄了。

“汤姆没事了，只是需要休息。”她把剪贴簿摆在约瑟夫面前，探过身来，“这就是我想给你看的东西，是我母亲的。她就像个无可救药的历史学家，喜欢收集各种东西，比如报纸上的文章、节目单，甚至还有公交车票，各种剪报应有尽有，塞满了整整几十本这样的剪贴簿，有些是国际新闻和体育报道什么的，这一本是当地新闻。后来有一天——此处应有掌声——”卡罗琳翻动着剪贴簿，语气浮夸地说，“我们家汤米上了当地新闻。”

卡罗琳摊开其中一页，手指按在一幅照片上，里面的人正是汤姆·莱顿，身穿牛仔裤和T恤衫，手拿一顶软趴趴的帽子。新闻标题是《澳新军团精神永存》，刊登在本地报纸上，讲述了汤姆·莱顿应征参加越战的情形。文章强调，尽管恐惧乃人之常情，他也不能免俗，但能为国家而战，他依然感到自豪。汤姆·莱顿在采访中表示，他的祖父曾是当年英勇抗敌的澳新军团的一员，虽然自己比祖父那一辈还差得远，但他会尽力做到最好。

约瑟夫读完这篇简短的报道，让他感兴趣的并非文章的内容，而是照片里汤姆·莱顿真诚坦率的笑脸。尽管旧报纸粗糙的颗粒感和褪色的油墨让照片显得模糊不清，但仍然能看出汤姆·莱顿笑得很温暖，很有感染力。

“这就是跟我一起长大的那个哥哥，他一定还藏在那个房间的某个角落。”卡罗琳望向走廊对面汤姆·莱顿房间半掩的门，“我知道他在那里，只是还没找到而已。”

卡罗琳直了直身子，继续道：“我只是想让你看看他过去是什么样的人，就这一次。假如你感兴趣，可以把这本剪贴簿借走。它或许对你画画有帮助。”

“谢谢。”

“而且，你可以从中了解一些本地历史，看看这里变化有多大。”卡罗琳说着，缓缓翻起剪贴簿，“瞧，这儿以前有座大房子，后来拆了，建起了现在的超市……这家人原来住在马路对面，后来中了乐透……这是本地营建的第一组交通灯……这是圣犹大教堂的钟楼被雷劈过后的样子……这是老电影院被拆时的照片……”她又往后翻了几页，突然笑出声来，“没错，这些东西能让你乐呵呵地看上好几个小时。比电脑游戏、足球或者电影有意思多了，我敢肯定。”

约瑟夫也朝她笑笑，但卡罗琳并不知道这本剪贴簿在他眼中有多重要，也不知道他多么希望马上把它拿回家，研究里面的宝藏。

约瑟夫把剪贴簿捂在胸口跑回了家，一路上心跳得飞快，但这并非因为卡罗琳指给他看的那些有趣的剪报文章，也不是由于他看到了汤姆·莱顿没被魔鬼困扰时的开朗笑容。当他终于冲进自己的房间，把剪贴簿扔到桌上，迫不及待地翻看起里面的照片时，约瑟夫只想着一件事：他要找出卡罗琳刚才无意间翻到的那一页，上面有一张照片，里面的那个人早已在他脑子里留下了永恒的烙印，所以他一眼就能认出来——毫无疑问，那就是奔跑怪人。

浏览过剪贴簿上的文章后，约瑟夫急于把自己的发现告诉汤姆·莱顿。第二天放学后，他一到家就迫不及待地把书包往床上一扔，飞快地跑过母亲身边，丢下一句："嗨，妈妈。再见，妈妈——我很快回来。"然后径直冲向邻居家。

卡罗琳正在高脚屋外晾衣服，显得十分疲惫。虽然她热情地欢迎了约瑟夫，但还是提醒他探视时间不宜过久。

"不会很久的，我保证，我只想告诉他一件事。"

卡罗琳好奇地挑起眉毛。"你们两个现在开始对我保密了吗？"她打趣道。

约瑟夫尴尬的沉默确认了她的怀疑。

"我明白了……好吧，我猜这是男生俱乐部的内务，我们女生不能插手。你上去吧。我刚给他煮了茶，你来得很是时候。"

"谢谢。"

约瑟夫蹦蹦跳跳地踏上后门台阶，来到汤姆·莱顿敞开的房门口。"我知道奔跑怪人为什么要跑了！"约瑟夫一进去就嚷嚷，然后才发现汤姆·莱顿倚着枕头躺在床上。"对不起……我……你好点了吗？"约瑟夫喃喃地问。

"只不过有点累。"汤姆·莱顿不假思索地答道，眼睛却紧盯着约瑟夫手里的剪贴簿。

"卡罗琳昨天给我看的。里面有一张你的照片，在报纸的新闻里，关于去越南的。看。"

约瑟夫笨手笨脚地翻开剪贴簿，放到汤姆·莱顿腿上。汤姆·莱顿拖过剪贴簿，微微往自己面前倾斜了一下，视线落到三十多年前的那张照片上，整个人仿佛变成了石头。起先他的眼珠还转了几下，后来就一动不动了。

剪报上汤姆·莱顿孩子气的笑容仿佛能让坚冰融化，而盯着照片看的这个冰冷阴郁的男人却对眼前的画面无动于衷，似乎在和照片上那张脸进行意志力的较量。终于，男人的手从剪贴簿的边缘缓缓滑下，落到膝盖上，一个紧张沙哑的声音在沉寂中响起："你刚才提到了奔跑怪人。"

约瑟夫探身去翻剪贴簿，一张他用作书签的纸条跟着掉到了地上，他指着其中一张照片说："这是他，奔跑怪人。"

约瑟夫跟着汤姆·莱顿的视线看向那张现在于他而言十分熟悉的照片。照片旁边用铅笔标注着刊载日期：1979年4月22日。奔跑怪人的脸比现在年轻许多，略微有些圆润，没那么瘦削和憔悴，头发也短一些，穿一件长袖衬衫，系着领带。值得注意的是，尽管照片是许多年前拍的，但奔跑怪人那时候脸上就带着约瑟夫熟悉的饱经折磨的痛苦神情，假如不是因为这一点，约瑟夫很可能根本认不出他来，完全忽略这张照片。

照片里，奔跑怪人叉着腿坐在人行道边缘，脚踩在排水沟里。他面前是个穿制服的消防员或者急救人员，一只手按在奔跑怪人胸前，旁边还有另外一个人，背对镜头，紧紧抓着他的左肩。奔跑怪人向前探着身子，肌肉紧绷，痛苦的面孔在闪光灯的照射下泛着幽灵般的白光。三个男人被黑暗紧紧包围。新闻标题是《母女消失在大火中》。

这篇报道约瑟夫看了又看，已经能自动想起其中的每一个细节。奔跑怪人真名叫西蒙·贾米森，在城里的书店上班。火灾的起因不明，大概是线路故障。邻居们接到警报后，那座旧木屋已经整个儿烧着了，大家多次试图冲进去救人，却被浓烟和火焰阻挡在外。旧木屋的主人贾米森先生这时刚下班回家，立刻不顾一切地想要冲进木屋，最终被消防员和目击者拦住。后来，他们在烧毁的育儿室发现了三具尸体：贾米森太太，23岁；贾米森夫妇的双胞胎女儿，艾米和杰西卡，11个月大。两个小女孩被妈妈紧紧抱在怀里。

前一天晚上，约瑟夫躺在床上想象着那个可怕的夜晚发生的悲剧：奔跑怪人从公交车上下来，刚刚像平时一样完成了当天的加班。他也许闻到了木头燃烧的烟味，或者看到了夜幕中的火光，步子不由得越来越快、越来越大。终于，他看到远处的橙红色烈焰舔舐着自己家的木屋，闪烁的消防车灯像一把恐怖的利刃插进他的心脏。那一晚感受到的恐惧，将成为困扰他一生的心魔。在恐惧的驱动下，贾米森跑了起来，那是疯狂而绝望的奔跑：噢，上帝，不要！跑。求求你，求求你，上帝——不！跑，快跑。不，不，亲爱的上帝，不！继续跑，跑，不能停，否则一切都完了。跑，继续跑……

汤姆·莱顿终于读完了整篇报道，视线回落到那张照片上，缓缓地摇了摇头。“他从大火里逃了出来，真是奇迹。”

约瑟夫皱起眉头，以为汤姆·莱顿误解了那篇文章，赶紧纠正：“可他当时并不在家，在上班，回来之后，他们又不让他进去。他从来没进过火场。”

“没错，就那天晚上来说，事实的确如此。”汤姆·莱顿表示同意，“但我指的是后来的每一天，每一刻。那场大火带给他的煎熬，他居然撑下来了。”

约瑟夫心中掠过一阵强烈的悲哀，问道：“你觉得他是希望自己也死在那天晚上的大火里？”

“换了谁都会吧。”

听到这样残酷的答复，男孩微微垂下了头。汤姆·莱顿注意到了，于是补充道：“可他活了下来，以他自己的方式。”

“扛着他的行李？”

听到对方竟然用他说过的话回敬自己，汤姆·莱顿面露惊讶。“是的，有时候人一生背负的东西无足轻重，而有的时候，比如奔跑怪人，他的行李沉重得能把他自己拖倒，压得他扭曲变形，不成人样。”

“那你摆脱掉自己的行李没有？”

“没有，我不这么觉得。”汤姆·莱顿悲哀地说，“你试着把它甩在身后，可它总是黏着你，最后变成了你的一部分。要么想办法背负它，要么让它压垮你。”

汤姆·莱顿的声音里颤动着摇摇欲坠的绝望，约瑟夫察觉到，这场对话的主题已经从奔跑怪人偏移到汤姆·莱顿身上。

“也许……”约瑟夫试探地说，“也许有人可以帮你摆脱它，或者帮你背负它。”

汤姆·莱顿直视着坐在床边的少年的眼睛。“可假如这个人的行李比别人想象的重得多，超出了所有人的背负能力呢？”他近乎恐惧地问，“要是它把他们都压垮了，又该怎么办？”

汤姆·莱顿的语气越来越激动，约瑟夫非常不安，试图将话题引到安全的范围：“我不知道，我总是非常……害怕他，可现在，我为他感到难过，但仍然不知道该对他说什么。”

汤姆·莱顿再次举起剪贴簿，看着那张照片，用约瑟夫从未听到过的温柔和渴望的语气说："以前我一直相信，言辞非常重要。现在不信了。即便你是有史以来最伟大的诗人，我也不认为你说的话能比这样的行动更有效：你只需在那里，让奔跑怪人知道，你不再害怕他，你能真正地看见他，看见西蒙·贾米森依然活着，还在正常地呼吸，而不仅仅是一个奔跑怪人。"

12

遵照医生的建议，卡罗琳坚持认为她哥哥应该多休息几天，所以约瑟夫直到星期五下午才再次上门拜访。这时候汤姆·莱顿似乎已经恢复了正常，卡罗琳开心地告诉约瑟夫，第二天上午他还可以过来，帮汤姆·莱顿把书整理上架，之前搬上楼的书要么还在纸箱里，要么就胡乱堆在房间的角落里。

第二天上午过得很快，也很有效率。约瑟夫协助汤姆·莱顿把书分成三类——诗歌、小说和短故事，然后按照作者名字的首字母顺序把书排列到书架上。

约瑟夫十分享受这个过程，把书塞到合适的位置，逐渐组成整齐有序的行列，让他有种把原本就该在一起的东西重归原位的感觉，也像是重建汤姆·莱顿的一部分人生，把失落在久远暗影中的东西再次挖掘出来，恢复原貌。约瑟夫时不时拾起一本自己知道的书看一眼，或者把引起他好奇的书拿给汤姆·莱顿看，对方会简单介绍一下这本书的作者或故事。有那么一两次，汤姆·莱顿在朗读某部小说中的章节、背诵某首诗的段落时，约瑟夫注意到他的外表渐渐产生了变化，不再那么冷酷和阴郁，仿佛埋藏在冰原深处的什么东西终于准备破土而出了。

约瑟夫答应过母亲，要早点回家吃午饭，但到了该走的时候，还剩两大箱书没有整理。卡罗琳故作严肃地表示，这是因为他们说的话比干的活都多，不过她的好心情根本掩饰不住，似乎对目前的状况非常满意。

第二天，约瑟夫又过来帮忙，汤姆·莱顿指着书桌道："我有个东西要给你看。"

约瑟夫走过去，发现其中一个蚕茧的一端有个圆圆的小洞，洞口有一只白色的蛾子，翅膀还很小，正在往外爬。

"有一只破茧了！"

"是的，就是今天早晨的事。是只雌的，雄蛾要小一点。她身体里装满了卵。"

约瑟夫转身看着浑身布满白粉的蚕蛾，它体形肥硕，身上的条纹像卡通蜂箱似的，眼睛上方的两根黑色大触角像羽毛一样高高拱起。汤姆·莱顿走到约瑟夫身边，轻声念道：

当它们从长眠中醒来，
苍白蜷曲的翅膀上，
早已留下叶脉的烙印，
暗沉如树影，纯洁似月光……

汤姆·莱顿的声音犹如摇篮曲般柔和舒缓，面前那只温柔脆弱的小生灵与诗句中描绘的意象完美地融为一体。

“我还没把那张写诗的纸还给你，原本打算带过来的。”

“你留着吧。”汤姆·莱顿说着，从书架上层取下一本小说翻了翻。

“你想要的话，我可以给你打印一份新的，用电脑。”

“不用了。”

“没关系的，一点也不麻烦。这样你就能把它钉在记事板上了。”

汤姆·莱顿漫无目的地摩挲翻动着书页，说了句“谢谢”，随即转过身去。

就在那时，约瑟夫听到一阵轻柔的嗡嗡声，低头一看，只见那只蚕蛾已经钻出蚕茧，爬向盒子的另一头。在他的注视下，它蹒跚着缓缓抵达纸盒的边缘，停在那里，飞快地扇动起脆弱的翅膀。

接下来的一周，假如卡罗琳休班在家，约瑟夫就会在放学后上门拜访。每一次都有更多蚕蛾破茧而出，有时候他也会帮忙把刚孵化的蚕蛾放进汤姆·莱顿专为它们准备用于产卵的纸盒里。蚕蛾们在里面把翅膀扇得呼呼作响，如同劲头十足的小马达，还会像喷气机在跑道上滑行那样四处闪转腾挪，寻找合适的配偶。

周末来临时，所有蚕蛾都已破茧，在鞋盒底部和侧面产满了黄色和灰色的卵，好像芝麻的种子。约瑟夫周六吃完午饭又来拜访，把最后一批空蚕茧放进汤姆·莱顿的抽屉，让它们跟早就待在里面的数百只蚕茧会合。然后他拖出一张凳子坐下，再一次开心地观察盒子里的蚕蛾。

有的蚕蛾已经安然入睡，有的在安静地交尾，还有的依然在扑腾着翅膀寻找配偶。约瑟夫几乎有点嫉妒它们这种温和简单的生活方式，他一下子想起了那些熟悉的诗句，不由自主地大声背诵出来：

它们只知道自己是盒子里的部族，
温柔善良，远离忧患。

汤姆·莱顿被他的声音吸引，走到他旁边，也注视着盒子里的蚕蛾，接着背诵道：

所有问题的答案，
都在彼此的拥抱中。
飞蛾靠近飞蛾，
情侣相互取暖。

汤姆·莱顿看向约瑟夫，等着他背下一句。男孩也看了他一眼，接受了无声的挑战，自信地背出他最喜欢的诗行：

即使在弥留之际，也有痛楚的欢喜——
当你听到柔软的翅膀扑腾作响，

那是它们梦见自己在天空飞翔。

约瑟夫望着汤姆·莱顿忧伤如常的眼睛，突然惊讶地发现，那张冷酷的脸上掠过一抹鬼魅般的微笑，短短的几秒钟，他的眸子里闪烁着微弱的光芒，如同火焰熄灭后零星的余烬，眼角周围也浮现出隐约可见的笑纹。与此同时，汤姆·莱顿抬起一只手，在约瑟夫肩膀旁边徘徊了片刻，随即又垂落回自己身侧。

“谢谢你，约瑟夫……为你所做的一切。”

当天下午，约瑟夫离开莱顿家时，简直无法抑制内心的喜悦。穿过莱顿家的草坪时，他忍不住从桑树上薅下一大把桑叶，兴高采烈地往半空中一抛。然而，当他蹦蹦跳跳沿着自家走廊来到厨房时，脸上的笑容一下子消失了。只见莫索普夫人在餐桌旁正襟危坐，俨然像个威严的法官，旁边坐着的是他母亲，看起来弱小无助，脸上满是担忧。

“这不是真的！”约瑟夫轻蔑地叫道。

“我知道这对你来说很难接受，可是请你听听莫索普夫人的解释。”母亲说。

约瑟夫坐在两个女人对面，犹如受审的囚犯。他茫然地凝视着桌面，与此同时，莫索普夫人傲慢的声音缓缓响起。

“约瑟夫，我无意打击你的情绪，只是想帮你。我知道你爸爸不在家，你一定觉得孤单，非常想念他。男孩需要父亲，但这个男人，汤姆·莱顿，他其实并不是你看到的那样。”

“你对他一无所知，你甚至从来没和他说过话。”约瑟夫激动地反驳，而且对方提到了他父亲，这让他既愤怒又内疚。

“是，你说得对，亲爱的，我是没和他说过话，”莫索普夫人镇定地说，“但我确实知道一些事，一些他不希望别人知道的事。”

莫索普夫人望向约瑟夫的母亲，对方郑重地点了点头，示意她继续。

“汤姆·莱顿曾经在一所乡村小学校当老师，只干了几个月，就被迫离开了。”

“这件事我知道，他亲口告诉过我。”约瑟夫勇敢反击。

“他告诉过你他为什么离开吗？”莫索普夫人问。

“是的，他说自己当时状态不好，他在越南打过仗，最好的朋友牺牲了。他以为自己恢复了，可以去教书，但后来发现自己没准备好，因为他受到的伤害太大了。”

“假如这就是他对你说的，恐怕他是在撒谎。”莫索普夫人高高在上、盛气凌人的语气激怒了约瑟夫。

“他没撒谎，他在越南遇到了可怕的事，这是真的。他真的去过那里，我看到过照片。”

莫索普夫人的嘴唇抿成了一条线，她用比刚才还要严厉的语气继续说道：“我不知道他都告诉了你哪些关于越南的故事，或许都是真的，但是，汤姆·莱顿被迫离开学校、不再做老师这件事跟越南毫无关系，他离开是因为对一个学生做出了不适当的行为。”

约瑟夫感到一阵寒意袭来，心脏瞬间缩成一团。他转头看着母亲，想从她那里寻求支持，然而她眼皮颤动着低下了头，望向绞拧着搁在膝盖上的双手。

“这不是真的，”他说，语气中的绝望已经多过轻蔑，“他不会伤害任何人。更何况，你是怎么知道这件事的？你又没亲眼见到。”

“我是没亲眼见到，但我跟目击者谈过话。”

莫索普夫人顿了顿，似乎在等对方消化她的话，又继续说道：“以前我只是听到过这方面的传言，听起来似乎确有其事。起初我并没有深究的打算，但当你开始……接触……那个人的时候，我觉得有必要做一些调查。你知道吧，我有个表妹住在汤姆·莱顿教过书的那个地方，我对她说了自己打听这件事的理由，她同意帮我谨慎地了解一下。这是几个星期之前的事了。昨天晚上，有个男人给我打电话，说他曾经和汤姆·莱顿在同一个学校做老师，现在已经退休了，但仍旧住在当地。我表妹联系到他，说明了我的担忧，听完我表妹的解释，他立刻就给我打了电话。”

莫索普夫人抬头看着男孩，仿佛很是为自己接下来要说的话感到遗憾：“你说得很对，约瑟夫，我是没有亲眼看见，但这个男人当时在现场，就在那间教室门口。他亲眼看到的。”

“也许他在撒谎。”约瑟夫无力地反驳。

“他为什么要撒谎？”

“嗯……也许他犯过什么错。”

“目击者并非只有他一个，他当时跟校长一起经过汤姆·莱顿的教室。事情是在午餐时间发生的。他们听到一个男孩在哭，哭着求什么人放开他。他们往教室里看，发现汤姆·莱顿拽着男孩的胳膊，一遍又一遍地跟他说‘对不起’，恳求那孩子原谅他。那孩子当时比你还小，约瑟夫，他吓坏了。这事过去不到一周，汤姆·莱顿就走人了。不知怎的，这件事被压了下去，并没有人继续深究。”

“可这并不能证明……”约瑟夫无力地低声抗议。

“确实不能证明，因为你拒绝面对真相。”莫索普夫人回应道。

约瑟夫失去了反驳的力气，脑子里反复回响着卡罗琳的话：“他恨自己。”还有汤姆·莱顿本人那丧钟般的预警：“总有更糟糕的事。”

“对不起，约瑟夫，我不能坐视不管，任由他伤害你。”

疼痛和愤怒从约瑟夫心中奔涌而出，他恶狠狠地嘶喊起来，仿佛想要说服自己：“他绝不会伤害我！不会的。他给我看了他的书。我们把书搬到他房里。他告诉我很多事，关于越南和蚕。我们谈论过很多事，你不会明白的。他不是什么魔鬼。他喜欢我，绝不会做那样的事。你不了解他。你不过是个蠢老太婆，你什么都不知道！”

“约瑟夫！”戴维森夫人喝道。

莫索普夫人摇摇晃晃地从座位上站起来，挺直瘦削的腰板，复仇天使般居高临下地看着约瑟夫。“我知道很多事，”她带着可怕的威严说道，“很多你永远都想不到的事。上帝作证，这是真的。我知道人是如何表里不一，如何互相欺骗，夺走无辜小孩的玩具和衣服，把他们送到肮脏可怕的地方。我知道孤独的滋味，知道当你不想做什么人的‘特别的女孩’时，却听到别人叫你‘特别的女孩’是什么感觉，哪怕对方声称这是出于‘爱’，是我们之间的‘秘密’。你不……你只是……你只是……”

莫索普夫人的脸像小孩子一样皱起来，她的声音极其恐怖，仿佛来自隐藏在她心底的深渊，揭露出她不为人知、饱受折磨的一面。“永远别想着对我说‘你不知道’这四个字！休想！我就是知道。”她凄惨地哀叫道，“只要我还活着，就一定知道。我总是知道。”

约瑟夫的母亲伸出手，搭在莫索普夫人的手腕上。“杰拉尔丁？”

莫索普夫人猛地一挣，急匆匆地奔出厨房，穿过后门，绝尘而去。劳拉·戴维森担忧地在后面喊着她的名字。

那天夜里，约瑟夫又梦见了奔跑怪人。在梦中，他还是惊恐地疯跑，书包在身后拉扯着他的肩膀，脚下的路再次变成沙子，两条腿深陷其中，疼痛难忍。奔跑怪人向他靠近，他再一次鼓起勇气，转过身去面对他，想要以此结束噩梦。然而这一次，梦境并没有结束，他回头看到的并非奔跑怪人，而是汤姆·莱顿，他朝约瑟夫露出轻蔑的微笑。

“总有更糟糕的事。”他猥琐地笑道，向约瑟夫扑了过来。

约瑟夫又跑了起来，脚下的沙子变回了坚实的地面。他闭上眼睛，倾听耳旁呼啸而过的风声。他越跑越快，如同飞起来一样。突然，他撞到一堵像枕头一样的墙上，他知道那是卡钦斯先生来救他了。他感觉到卡钦斯先生强有力的臂膀搂住了自己的脊背，于是把脸埋进店老板的胖肚皮里，呼吸着香甜的面包、火腿和棒棒糖的味道。

梦境再次发生变化。约瑟夫晃晃脑袋，发现自己的脸埋在一堆桑叶里，叶片锯齿状的边缘在他脸上划来划去，卡钦斯先生浑身披满桑叶，搂在男孩背后的胳膊勒得他生疼。约瑟夫睁开眼睛，猛然抬起头，看见汤姆·莱顿扭曲的面孔，交织着嘲弄与忧伤的表情。

“对不起，”他嘬着下嘴唇，像个沮丧的孩子，“我非常，非常，抱歉。”

约瑟夫紧紧揪住汤姆·莱顿的胳膊，结果那两条胳膊一下子脱离了肩膀，滚到地上，变成了桑树的枝条。现在汤姆·莱顿的身上也铺满了桑叶，接着这些叶子开始往下掉，露出底下光滑的黑色皮肤，他的脸也从正常的人脸变成了冷酷无情的爬行动物的脸。约瑟夫跌跌撞撞向后退去，地上的桑叶越积越厚，渐渐将他吞没，干枯的黄叶摩擦着他的脖颈。

汤姆·莱顿那张长满鳞片的冷酷面孔机械地旋转起来，最后出现一只锐利的眼睛，紧盯着约瑟夫。接着，汤姆·莱顿突然变成一只巨大的黑色蜥蜴，一头扎进了树叶堆。约瑟夫吓得浑身僵硬，蜥蜴在树叶堆内潜行，朝他逼近。

约瑟夫拼尽全力才从噩梦中醒来，他瞪大眼睛坐起身，大口喘着粗气。等到呼吸平静下来，他朝汤姆·莱顿家望去，只见一切如常，所有东西都沐浴在静谧的阴影之中。他躺回床上，盯着天花板，最后迷迷糊糊快睡着时，脑子里只有一个想法：尽管他在睡梦中摆脱了汤姆·莱顿，但等明天一觉醒来，他偏要再去那个男人家里找他。

13

次日一早，约瑟夫费了很大的劲才说服母亲同意自己跟汤姆·莱顿见面。

“可我已经答应他们今天过去了。”约瑟夫据理力争。

“我知道，约瑟夫，但我很担心，你也听见莫索普夫人说的了。”

“可她说的证明不了什么，而且卡罗琳也在家，她总是在家陪我们。不会有事的，真的。”

戴维森夫人疲惫而恼火地看了儿子一眼。“我不希望你出什么事。”她有些倦了，“要是你爸爸在家，他绝对不会允许你过去的。”

“可是他不在家，他从来都不着家。”约瑟夫有点苦涩地说，接着又更为冷静地补充道，“妈妈，汤姆·莱顿从来没说什么不该说的话，没做不该做的事。你总是告诫我，一个人究竟如何，不能过早下结论，更不能听信谣言。你知道莫索普夫人是什么样的人。”

“那个可怜的女人有权利怀疑别人。假如她完全信任什么人，那才是奇迹。”劳拉·戴维森闭上眼睛，摇了摇头。

“我不过是想去帮他整理完剩下的书，就这么简单。”约瑟夫继续道，语气更理智了，“他的身体还没好，没法自己干，而且我说过会帮他。我还需要完成肖像画，那是学校布置的作业。好了，妈妈，求你了。不会有事的，我保证。好吗？”

约瑟夫缓缓穿过莱顿家的草坪时，心里有些惭愧，因为他没把自己去汤姆·莱顿家的理由如实告诉母亲。其实他既不是为了书，也不是为了画，而是想亲自弄清楚莫索普夫人说的是真是假。尽管如此，走上莱顿家后门的台阶时，想到自己即将与汤姆·莱顿对质，约瑟夫还是觉得很焦虑。

“嗨，约瑟夫，请进。汤姆在楼下，很快就上来。进来吧。我去告诉他你来了。”卡罗琳亲切地朝他微笑，刚要下楼，下一秒却回过身来，“噢，差点忘了，我准备到海边住几天，有个朋友邀请我一起度假。我想说服汤姆一起去来着，可他不愿意。今天傍晚我就开车出发，星期三上午回来。所以，假如你愿意，可以星期三放学后过来。”

“好的。”约瑟夫简短地回应。两人又一次心照不宣地约定，卡罗琳不在家的时候，他不会单独拜访她哥哥。

“好了，我去叫汤姆，然后就该给冲浪板打蜡了。”她伸出胳膊，晃着身子，做了个冲浪的动作。

汤姆·莱顿抱着一小摞书回到房间时，约瑟夫正一脸严肃地独自坐在窗边的座位上。

他羞涩地朝约瑟夫点头致意，把书搁在桌子上。“我突然想起来，这几本也该放上书架。”

男人看了约瑟夫一眼，然而男孩目光躲闪，只是点了点头，什么也没说。

"它们又产了一些卵。"汤姆·莱顿说，把纸盒拿给约瑟夫看。

约瑟夫接过盒子搁在腿上，心不在焉地看着里面的蚕蛾和蚕卵。汤姆·莱顿打量着男孩的表情，安静地等他回应。发现对方始终不说话，他靠近了一点，在床边坐下，面对约瑟夫，开口问道："一切都还好吗？"

约瑟夫绞尽脑汁思索该如何回答，可他盯着盒子愣了半天，一点主意也没有。

"约瑟夫？"

男孩慢慢抬起头，看向那双他曾经努力尝试读懂的暗色眼睛。"你为什么不教书了？"

这句话飘在空气中，好似一股难闻的恶臭。

"我解释过，"汤姆·莱顿淡淡地说，"我状态不好，没法继续教下去。越南的经历对我来说太沉重了。"

约瑟夫低下头，继续看着盒子里的蚕蛾。

汤姆·莱顿意识到，自己刚才的解释并不能让他满意。"你为什么还要问我一遍？"

"我听别人说，不是这个原因。"

汤姆·莱顿坐在床上拧了拧身子，扫视了一圈房间，然后才转向约瑟夫。"好吧，莫索普夫人是怎么说的？"

"她说，是因为一个小男孩。"

汤姆·莱顿的反应像是刚刚被人灌下了毒药。

"她说，是他们逼你走的……因为那个小男孩。她说，你抓着他不让他走。她跟亲眼见过这件事的人谈过话。"

"我什么都没做错，我发誓。那是个误会。我当时真的状态不好，你一定要相信我。"汤姆·莱顿恳求道，"我没有伤害那个孩子，我永远不会对你撒谎，请告诉我你相信我。"

约瑟夫看着他，明白他说的是实话。"我相信，我真的相信你。"他突然感到一阵释然，"我告诉她她是错的，我知道你不会做坏事。我对她说，你绝对不会伤害一个孩子，不会伤害任何人……"

发现汤姆·莱顿在躲避自己的目光，约瑟夫的声音变得颤抖起来。"我说得不对吗？你不是说过，你并没有对那个孩子做什么吗？"

"我只是吓到他了，就这么简单，但我不是故意的，无论如何我都不会伤害他。"汤姆·莱顿沙哑地回应道。

一个模糊的疑问逐渐在约瑟夫脑海中成形，眼前这个低着头的男人仿佛等候处决的囚犯。无论自己多么不愿意开口，约瑟夫都无法回避心中的疑虑，他终于忍不住反问："你永远不会伤害任何人，对吗？你从来没有……"

汤姆·莱顿看着约瑟夫，张开嘴巴试图说话，仿佛刚刚被矛头刺穿了心脏。"约瑟夫……我……"

男孩越发警惕地注视着眼前这张扭曲变形的面孔。快否认，他对自己说，我会相信你的。否认。我会相信你的。否认！他反复默念着这两个字，恨不得抓住汤姆·莱顿拼命摇晃，大声对他喊出心里话。

"约瑟夫……我永远不会伤害你。"汤姆·莱顿哀叫着伸过手来。

约瑟夫猛地向后一退，腿上的鞋盒应声滑落，倒扣在地板上。

汤姆·莱顿跪在地上，用颤抖的双手翻过鞋盒。所有蚕蛾几乎都顽强地附着在纸盒内侧，只有一只例外——最先破茧的那只蚕蛾僵硬地躺在薄薄的地毯上，已经死了。

汤姆·莱顿再次向前伸出手，说："约瑟夫，求你……"

"离我远点！"约瑟夫嘶吼着转身冲出房间，离开了这座房子。

回到家里，约瑟夫躲着母亲，悄悄地溜进自己房间。他扯下记事板上的汤姆·莱顿肖像，愤怒地坐在书桌前。泪水逐渐湿润了眼眶，他抓起一支铅笔，仇恨地戳向手中的画，在上面留下无数粗鲁的黑线，让画中人的眼睛和半张脸笼罩在浓重的阴影之中。原本十分精细的线条变得粗暴野蛮，扭曲畸形。当他终于放下笔，约瑟夫惊愕地发现，自己正盯着一双魔鬼的眼睛。

时间将近午夜，母亲早已睡下，约瑟夫看到莱顿家的灯也熄灭了。他走出家门，穿过莱顿家的草坪，朝房子后门走去。他回想起自己第一次来这里的心情，当时那种难以名状的焦虑和不安几乎将他吞没。然而，现在他只觉得空虚麻木。来到门口的平台上，他摊开手中的汤姆·莱顿肖像，顺着底下的门缝塞了进去。

画上那张阴暗的脸轻而易举地消失在门板的这一侧，仿佛真的变成了狡诈的魔鬼。

约瑟夫从莱顿家回来后一直没怎么说话，劳拉·戴维森不免感到担心。到了星期一早晨，她还是像往常一样挥手目送儿子上学，约瑟夫朝她耸耸肩，咕哝着告诉妈妈不要胡思乱想。

约瑟夫觉得做什么都索然无味，整个世界就是个巨大的骗局。虽然上学分散了一部分注意力，但他一点都提不起兴致。晚上回到家，他想象着汤姆·莱顿发现门口那幅肖像时会有什么反应。他就是要伤害那个男人，让他看看自己有多痛苦多愤怒，可是不知怎的，当他想到汤姆·莱顿看见画上的魔鬼时，不但没有半分快意，反而觉得难受，后悔自己做了这样的事。

次日，一整天都烦躁不安的约瑟夫放学回到家，在信箱里发现了汤姆·莱顿的留言，信封上打印着约瑟夫的名字，里面只有一张便笺纸，写着一行字："请过来看看我。"落款是"T. L."。

那天晚上，约瑟夫告诉母亲自己很累，要早点睡觉。他在黑暗中耐心地等待着，听见起居室里母亲关了电视和窗户，家里逐渐安静下来，为了保险起见，他又等了一个小时，这才溜出房间。

他不知道这样做是对是错，甚至根本不愿意考虑这个问题。他只知道自己必须去看汤姆·莱顿，和他面对面，而不是像个吓坏了的孩子那样用一幅画去对付人家。他也知道卡罗琳不在家，这将是他第一次单独面对汤姆·莱顿。

约瑟夫走在凉爽的草地上，夜晚安静而温暖，一轮满月像个发光的球体，低低地挂在天边，恰好悬在汤姆·莱顿的房间上方。约瑟夫熟练敏捷地越过篱笆，急匆匆小跑着冲向邻居家的房子。

莱顿家的后门敞开着，汤姆·莱顿的房间里透出一道柔和的灯光，约瑟夫知道它来自书桌上的那盏小台灯。他缓缓地朝汤姆·莱顿房间门口走去，竭力压制着内心的不安。

“莱顿先生？你在吗？是我，约瑟夫。”他的声音听起来奇怪而尴尬，就像蹩脚的演员生硬地复述台词。

他顺着门缝往里看了看，然后轻轻推开门。房间里没有人，汤姆·莱顿那天从楼下搬上来的那摞书依旧摆在桌上，还是约瑟夫离开时的样子。

他来到门口，往走廊里张望，等到眼睛适应了黑暗，才发现楼下有亮光，于是走到楼梯口向下看，只见一道暖黄色的微光从杂物间的门缝里钻出来。

“莱顿先生？”他再次心虚地叫道。

等了一会儿，他决定下去看看。每下一级楼梯，他的感觉就变得更敏锐一点。他闻到了木头燃烧的味道，混合着一种令人沉醉的香甜，他觉得空气越来越热，仿佛自己正在走向地球的核心。

约瑟夫来到楼梯底部，把脸贴在门缝上向里张望，房间里暖烘烘的热气烤得他脸颊发烫，他看到里面影影绰绰的纸箱和家具，亮光是从房间的另一头照射过来的，大部分都被一个面朝壁炉坐在扶手椅上的高大人影挡住了。

望着扶手椅靠背上方露出的脑袋，约瑟夫推开了门，小心翼翼地踏进房间。

“莱顿先生？”

那个脑袋猛地朝侧面一扭，现出被火光照得忽明忽暗的半张脸。

“约瑟夫，是你吗？”汤姆·莱顿的声音急促而嘶哑，仿佛在跟一个幽灵说话。

约瑟夫穿过杂乱堆叠的纸箱，走到壁炉旁，面对着扶手椅。汤姆·莱顿的脸有些红肿，眼袋更大了，成绺的长发垂落在脸颊上。他一手端着个玻璃杯，另一手按着半瓶朗姆酒，瓶子塞在腿和椅子扶手之间。他的腿上有许多蚕茧，座位上也撒了一些，地上摆着他书桌里那几个装蚕茧的抽屉。

“我没想到你会……我……请，请坐。”汤姆·莱顿颤抖着指了指约瑟夫右边的一只大箱子。

约瑟夫坐下来，眼睛始终看着对方，问道：“你在干什么？”

汤姆·莱顿从腿上拿起一只蚕茧，举到眼前，手指来回拨弄着。“做我早就应该做的事。”他疲倦地回答，“处理这些毫无意义的东西。”

接着，他笨手笨脚地把这只蚕茧丢进琥珀色的炉火中，它短暂地燃烧了片刻，随即化为灰烬。“蚕茧，蚕茧，火一样辉煌。”他入迷地注视着跳动的火焰，恍惚地补充道，“创造了羔羊的手，是否也创造了你？”

约瑟夫一时无言以对，不知所措，只能眼睁睁地看着汤姆·莱顿的脑袋前后摇晃，抓起一把蚕茧，准备投进炉子里。

“别这样，求你了。”约瑟夫急忙道。

汤姆·莱顿瞪着男孩，眼睛犹如潮湿的玻璃闪闪发光。“为什么不行？它们有什么用？”

约瑟夫不知该如何回答，但他恳求地看着汤姆·莱顿。

男人的手缓缓地落到大腿上，手里的蚕茧像金币一样滚落在地。他垂下眼，把酒杯端到嘴边，暗金色的液体如同毒蛇般钻进喉咙。他的嘴唇闪着湿润的光。“为什么到这里来？”

“我收到了留言，你让我来的。”约瑟夫疑惑不解。

“你不怕在这儿遇见他吗？”汤姆·莱顿冲壁炉的方向点点头。

约瑟夫起先没明白他的意思，然后看到壁炉架上挂着那张被他涂成魔鬼的肖像画，半掩在阴影中。

悔恨一下子攫住了约瑟夫的心。“对不起……我不该……这是不对的。”

“不，不，这很好，非常好。你的观察很敏锐，完全抓住了我的特点。”汤姆·莱顿含混而苦涩地说，“但我不理解的是，你把我看得那么明白，却依然到这里来，大半夜的，一个人……你知道卡罗琳不在家吧？为什么还要来？”

“你说你永远不会伤害我。”约瑟夫干脆地回答。

汤姆·莱顿难以置信地摇头道：“人都会说谎的，约瑟夫。”

“也不能总是说谎……我相信你。”

汤姆·莱顿朝肖像画扬扬下巴，愤怒地问：“你怎么能相信那个东西呢？”

“我不知道……我……我不知道。”约瑟夫结结巴巴地说，滚烫的泪水在眼眶里打转。

汤姆·莱顿看到男孩痛苦的表情，重重地跌回椅子里，摸起手边的酒瓶，粗鲁地添满酒杯，端起杯子灌了一大口，脑袋向后一靠，闭上了眼睛。

约瑟夫等了一会儿，这才开口道：“你为什么让我过来？”

汤姆·莱顿疲倦地瞥了男孩一眼，再次合起眼皮，然后说：“我想告诉你，画里那个人不是我。但你说得对……我没法对你说谎。他就是我……没错。”他悲哀地说，“我每天都能看到他，我恨透了他，但他并非你想象的那样。你不了解他，约瑟夫，否则……有时候真相……”他痛苦地皱起脸，“我不想失去你，约瑟夫。”他恳求道，探过身来，朝男孩伸出了手。

约瑟夫向后退到墙边，身体紧张僵硬。

汤姆·莱顿颓然瘫坐进椅子里，炉火的暖光在他眼睛周围投下深邃的光斑。他端起杯子，似乎想要喝一口，但接着他的手便重重地落到椅子扶手上，飞溅而出的酒液在椅子上留下暗沉的污渍。他像个一败涂地的拳击手，萎靡不振地蜷缩着。

就在约瑟夫以为他已经睡着了的时候，汤姆·莱顿突然开口说话了，好像在继续讲述一个被打断的故事。“搜救队找到我之前，我在丛林里游荡了好一阵子，也不确定有多久。”他的头微微低着，姿态十分僵硬，沉默了一会儿之后，他突然睁开眼，似乎这些画面在他眼前再次发生，“我不停地晕过去，脑袋……就像灌满了水泥，耳朵里有巨大的机器在轰鸣。我记得自己一直往前走，然后眼前慢慢变黑，醒来发现自己脸朝下趴在泥里。后来我掌握了规律，每当意识到自己快要昏过去了，就立马原地坐下，慢慢躺倒，免得再摔个嘴啃泥。”

汤姆·莱顿慢吞吞地抿了一口酒，眼睛依然望向前方，注视着只有他才能看到的画面。“后来，我在树丛里昏倒了，也不知道过了多久，醒来已经是傍晚了。我知道刚醒不能马上站起来，何况根本站不起来，所以干脆就坐在那里，等待眩晕的感觉消失。就在那时，他出现在我面前的空地上。”

看到汤姆·莱顿绷紧下巴上的肌肉，约瑟夫也跟着屏住了呼吸。

“等他发现我的时候已经太迟了。我一眼就认出了他。就是那双眼睛。他不再像领我们走进村子时伪装得那么可怜无助，眼里满是惊慌和恐惧。他的脖子上戴着一条链子，上面有一枚硬币，1948年的硬币。我知道，那是特里·霍夫曼的幸运币……他是1948年出生的。他在那个村子里被炸死的时候，脖子上就戴着这枚幸运币。”

汤姆·莱顿皱起眉头。“男孩站在那里一动不动，好像迷路了一样。我不知道他为什么不跑。现在我明白了，因为我的枪口对准了他，但那时我是不由自主端起枪来的，甚至没意识到自己的枪还在身边。我看着他，想起了特里，想起了米克，还有其他所有人，然后……突然……就像做梦一样……我不敢相信……可他真的跳起了舞……那个男孩在跳舞……还有玫瑰……在他胸口开出了玫瑰……”他的眼睛闪着疯狂奇异的光芒，泪水从他的脸颊滚落，“我还听到了鼓声……以为男孩是随着鼓声起舞。可他其实并没有跳舞，也没有什么鼓声……那些玫瑰是血。”

约瑟夫无助地看着汤姆·莱顿的身体开始颤抖摇晃，手中的酒杯掉在地上摔碎了。汤姆·莱顿向前探出身子，挣扎着大口呼吸，仿佛有什么可怕的东西在他身体里扭动，拼命想要钻出来，最后，它终于在一阵难以忍受的痛楚与煎熬中冲破了束缚，发出非人一般的痛苦哀嚎。

“是我干的！是我干的！”汤姆·莱顿哀叫道，“我的枪……我开了枪……我的手指扣下了扳机……我打死了他……打死了那个小孩……一个孩子！”他像个孩子那样惊恐地说，大口喘着粗气，“我杀了他！我杀了他……我不是故意的……我不知道……我……”

约瑟夫小心翼翼地走过去，一只手搁在汤姆·莱顿的肩膀上。他感到对方伸出胳膊搂住他，把他拉了过去。汤姆·莱顿的脑袋重重地压在约瑟夫胸口，眼泪浸湿了他的衬衫。

“对不起，对不起，真对不起。”他抽抽噎噎地重复道。

约瑟夫不自然地抱住汤姆·莱顿的脑袋，向前倾身，脸颊刚好贴在他的头顶。泪水从约瑟夫的眼角流出来，轻轻地滴在汤姆·莱顿的额头上。“对不起……”

嘶哑的抽泣声持续了好一会儿才缓缓平息，紧紧箍着约瑟夫的那两条胳膊也跟着松了劲。当其中一条胳膊终于从他背上滑下来时，约瑟夫小心地扶着汤姆·莱顿向后靠到扶手椅上。

约瑟夫看着他，回想刚才听到的故事，心中的疑惑终于解开，那个所谓的可怕秘密背后隐藏的真相竟然是这样的。壁炉架上那幅凶神恶煞般的肖像似乎正谴责地看着自己，真相跟约瑟夫作画时想象的完全不一样，从某种程度上说，更糟糕。他浑身无力地坐回板条箱上，心中的迷茫让他觉得头疼。他静静地坐了一个多小时，看着眼前昏睡的汤姆·莱顿，细细回想自己对这个男人的全部了解，想象着汤姆·莱顿一生的心路历程。

最后，约瑟夫站起身，捡起散落一地的蚕茧，放回抽屉里，然后，他清理了玻璃杯的碎片和空掉的朗姆酒瓶，把抽屉搬回楼上。他从汤姆·莱顿的床上拿了一条毯子带下来，盖在男人身上。一切收拾停当，他转身看着壁炉架上滴水嘴兽一般的丑陋肖像。

画中的怪物目露凶光，恶狠狠地与他对视。约瑟夫上前一步，伸手取下这幅画，丢在了即将熄灭的木柴上。火焰立刻升腾而起，吞噬了画纸，纸上的脸露出扭曲的狞笑，随即变成漆黑的一团，永远消失在跳动的炉火中。

炉火渐熄，约瑟夫从口袋里掏出一张纸，这是他刚才把抽屉搬回汤姆·莱顿房间时写的留言条。约瑟夫把纸条摊平，摆在扶手椅旁的小桌上，又在上面压了一只蚕茧，这样汤姆·莱顿醒来后就能看到它。

纸条上写着短短几句话：

亲爱的莱顿先生：

我烧掉了你的画像。它一点都不好，根本不像你。

约瑟夫

约瑟夫直到星期四下午才又准备到莱顿家去。

劳拉·戴维森再一次担心地看着儿子。

“妈妈，没事的，卡罗琳回来了，而且莫索普夫人误会了汤姆·莱顿。”

“我知道你想要相信他，但是你怎么能确定呢？”戴维森夫人温柔地问。

“因为我已经知道他为什么变成现在这样。我知道那天发生了什么，他在那个学校当老师的时候。他都告诉我了，事实跟你想的不一样。我知道他说的是实话。”

“他怎么说的？”

“我不能告诉你，妈妈，那样不合适。你只需要相信我，汤姆·莱顿永远不会伤害我，或者任何人。”约瑟夫说完就出门了，留下戴维森夫人一脸疑虑地站在原地。

卡罗琳也跟戴维森夫人一样，对约瑟夫两天前的秘密拜访一无所知。“我去告诉汤姆你来了。他在楼下整理东西，我回来的时候他就在那儿了。”她摇了摇头，“我不知道他是怎么了，看起来很安静，比平时还要安静，其实我并不介意，但就是有点奇怪。我知道听起来有些荒唐，可我真的无法解释……他好像变得更平静了。我觉得这样很好。你知道我在想什么吗？”她微笑着歪了歪头，“这里面可能有你的功劳。”为了强调自己有多么惊讶，卡罗琳又做了个鬼脸，快活地补充道，“他一会儿就来。”然后把约瑟夫一个人留在了房间里。

约瑟夫坐在窗边，紧张地等候汤姆·莱顿。他不确定接下来该如何与汤姆·莱顿相处，也不清楚对方的感受，也许他上次是被迫说出了自己的秘密，以至于情绪崩溃，所以现在可能不想跟男孩见面，也可能他上次是酒后吐真言，酒醒了就忘记自己说过什么了。约瑟夫忐忑不安，心中既恐惧又期待，这让他想起自己第一次等着坐过山车时的感觉，只能被动地做好准备，迎接那个即将来临的、未知的结果。

终于，汤姆·莱顿蹒跚着走进房间，看起来紧张不安，就像不知该如何盛情招待贵客才算得体的主人。“约瑟夫……但愿我没……我刚才在楼下收拾，很多东西我一直没动过，这么多年了……”他不知该说点什么好，只好拼命往四周看，仿佛在寻找救场的话题，“不管怎么样，我把大部分书都整理好了……最重要的那些，其他的以后再说，至少是个开始……噢，我把蚕卵拿到楼下去了，放在旧冰箱里，等到明年春天再拿出来孵化……大约需要十四天。”

汤姆·莱顿说不下去了，无助地看着约瑟夫，然后慢慢地瘫坐在床上，好像被刚才那番东拉西扯耗光了所有力气，搁在腿上的两只大手紧张地扣在一起，脑子里不知在胡乱地想些什么。约瑟夫也很想说点什么来缓解一下尴尬的气氛，但一想到汤姆·莱顿曾经趴在他的胸前失声痛哭，顿时觉得一切言辞都是那么荒谬无力。

汤姆·莱顿终于打破了沉默，说：“约瑟夫，我很抱歉……对于那天晚上的事。我没想到你会来，我喝醉了。我没打算……我不应该……给你带来烦恼。我告诉你的事只有卡罗琳知道，别人都不知道。教室里……那个男孩……他是亚裔。我不知道自己当时是怎么回事，但那些不好的回忆……还有噩梦……又回来了，那一刻我意识不到自己在干什么，在什么地方，我的样子一定吓坏了他。”他低下头，缓缓地搓了搓手，“我看到了你的字条……你根本想象不到那些话对我有多重要。无论你现在对我有什么看法，我都能理解，所以你以后不必非得到我这儿来。我的意思是……你不用非来看我不可。当然，你可以继续来找卡罗琳，假装当我不存在……我会待在自己的房间，关上门，等你走了再出来，你可以把这个房间看成一个没有用的空蚕茧……”说到这里，汤姆·莱顿抬起头来，偷眼打量男孩的反应。

约瑟夫嘴角浮起一丝微笑，说：“这里不会真的像个空蚕茧吧？”

“什么？”

“空蚕茧上面都有一个洞，你可以看到里面。”

“没错，是这样。”汤姆·莱顿迷惑不解地说。

“你说你会关上房门，所以我觉得这里更像一个新蚕茧，里面的蚕蛾还没孵出来。”

“没错，但我的意思是……”

“所以我知道你就在这间屋子里，我会等你出来，就像等待蚕蛾出来那样。”

“嗯，但我想说的是，你不用等，我是不会出去的。我会一直待在里面。”汤姆·莱顿认真地解释道，似乎还有点懊恼，因为约瑟夫抢用了他关于蚕茧的比喻。

“可无论如何，我还是会等。”约瑟夫顿了顿，等着汤姆·莱顿抬起头来，然后直视着男人的眼睛说，“我会一直等着，因为我想让你出来。”

汤姆·莱顿的脸上看不出明显的情绪波动，尽管他的眼睛已经湿润，身体却依然纹丝不动，表情冷硬，如同雨林中的古老石像。他就这么静静地坐在那里，任凭泪水犹如小溪般在脸颊上纵横流淌，最后消失在浓密的络腮胡下面。

“另外，”约瑟夫说，仿佛根本没发现他在流泪，“你答应过要帮我完成肖像画的。”

汤姆·莱顿紧紧地抿着嘴唇，点了点头，说：“没错。”

“那就好，我现在要重新开始画了。我打算星期六上午早点过来，你觉得怎么样？”

“那样……很好。”汤姆·莱顿低声说。那个瞬间，他的表情一下子柔和起来，约瑟夫仿佛在他脸上看到了卡罗琳剪贴簿上的那个快乐的年轻人。

汤姆·莱顿的开心表情只持续了几秒钟，因为房间外面传来了说话声。约瑟夫循声转过身去，听到卡罗琳似乎在和什么人交谈，语气十分紧张，接着，约瑟夫听出了另一个人的声音，那是他母亲，应该是担心他的安全，特地跑来看看的。想到这一点，他觉得有些恼火，还因为她的突然闯入感到尴尬。

汤姆·莱顿的房门被人缓缓推开了，卡罗琳出现在门口。“约瑟夫，你妈妈来了。”她说，嗓子似乎有些发紧。

约瑟夫望向卡罗琳身后的走廊。

他看见母亲手里抓着一份报纸，脸上毫无血色，充满了恐惧。

PART 3

第三部分——痛楚的欢喜

14

那天下午，压倒性的恐惧在约瑟夫心中形成了难以撼动的冰山。起初，报纸上那则新闻标题《巴布亚新几内亚山体滑坡，三人失踪》并没有使他产生过多的联想，但当“布干维尔”四个字跃入眼帘的时候，他觉得自己就像被人当胸踹了一脚。

莱顿家的厨房里，约瑟夫和母亲面对面坐在桌边，卡罗琳煮了一壶茶，汤姆·莱顿在走廊里默默地徘徊。

“彼得就在那边工作。”劳拉·戴维森悲戚地说，凝视着面前的报纸，“他在上一封信里提到过，他们在为一座新矿场修路。他说前几天那里下大雨，所以他不太愿意去。他一定是知道那很危险……”她猛地捂住嘴巴，不敢继续说下去了。

“可你不能确定彼得就在那里，”卡罗琳的建议颇有道理，“那边肯定有不少正在施工的道路。”

“是的，但通往乌罗皮矿场的路只有一条。我又看了一遍彼得的信，说的就是那个地方。他说他们星期二开工，他驾驶一辆大型推土机。瞧，这里写着：‘前一天，道路施工刚刚开始。’而山体滑坡就发生在昨天，星期三。这里还说，失踪者来自韦斯特康矿业公司。彼得就是这个公司的。”

劳拉·戴维森抬起头，看到儿子惊恐得脸都白了。“噢，约瑟夫，”她越过桌子，抓起他的手，“对不起。我很可能只是瞎担心，不过是被这个新闻吓了一跳而已。我想他肯定没事。”

约瑟夫努力表现出放下心来的样子，但报道中的细节始终在他脑海里挥之不去。山体滑坡发生时，有六个人在那里工作，现在其中三个失踪了，两个受了重伤，还有一个昏迷，据说情况稳定，但依然没有醒来。失踪者生还希望渺茫。一台平地机和一台起重机被压在成吨的泥浆和碎石下面。约瑟夫觉得自己的心直往下沉。他知道，现在最好的结果，就是父亲此刻躺在医院里，也许正在和死神搏斗。

卡罗琳把一杯茶放在劳拉·戴维森面前，尽可能信心十足地安慰道：“其实担心也是正常的，换了谁不担心呢？可是，你连他是否在那附近都不确定。他是上周给家里写的信，对不对？谁知道后来有没有什么变化？说不定改了计划，他很可能还在旧矿场工作……而且这只是一篇粗略的报道，现在什么都还没有确定呢。”

劳拉呷了一口茶，勉强朝卡罗琳笑笑，说：“我知道你说得对，只盼他能给家里打个电话。他肯定知道我们会担心的。我给他们公司在莫尔兹比港的总部打过电话，但他们提供不了什么线索，只说他们跟矿场失去了联系。”

“那还用说，现在那边肯定是一团乱。”卡罗琳慢条斯理地回应道，“又是山体滑坡，又是大暴雨，许多地方都断电了，更何况他们是在一个非常偏远的地区。彼得大概是因为电话线路中断才没能跟家里联系的。”

“是的……是的，很可能就是这样。”劳拉·戴维森放下茶杯，含糊地应声，“我真的该回家了，以防有人打电话过来。”

“是的，当然，不过还是先喝完这杯茶再走吧，它对你很有好处的。”卡罗琳亲切地说，一只手按上戴维森夫人的肩膀，“别忘了还有我们呢。如果需要帮忙或者只是想找人说说话，请尽管告诉我，好吗？”

约瑟夫的母亲按住卡罗琳的手，深深地吸了一口气。

“绝对不会有事的，劳拉，我知道。”

约瑟夫抬头看着卡罗琳·莱顿那坚强而又温柔的脸，这张脸的主人懂得什么是生存和苦难，却没有为此屈服，不知怎的，约瑟夫觉得自己内心的混乱竟开始逐渐平息下来。直到听见了蹒跚的脚步声，他才想起旁边还有一个人。汤姆·莱顿静静地站在那里，低头看着地板，似乎察觉到有人在看自己，于是抬起头来，回望着约瑟夫。男孩并不能在这个男人的脸上找到任何希望或承诺，它就像一道无法逾越的冰冷墙壁。汤姆·莱顿的眼睛里倒映着残酷和无法逃避的现实，而且越来越清晰，转瞬之间，男孩从卡罗琳那里得到的鼓励就被一扫而空了。

注视着报纸上那条字体加粗的新闻标题，约瑟夫感觉自己像是被活埋了一样。

临近午夜时约瑟夫才躺下睡觉。那天晚上时间过得特别慢，因为他和母亲都不想让对方看出自己的恐惧。他们静静地看着电视新闻中播放的直升机拍摄的山体滑坡画面，大片的土质山坡如同孩子堆砌的沙堡那样分崩离析。官方还没有公布失踪者或伤员的姓名。记者们发出第一批报道之后，接连的暴雨和滑坡事故切断了通讯，阻隔了当地与外界的联系。

戴维森夫人给莫尔兹比港的矿业公司总部打电话，对方表示将尽一切可能与矿场和医院取得联系，一旦获得进一步的消息，会立刻通知她。目前他们唯一能够确定的是，她丈夫的名字就在当时派遣到受灾地区工作的人员名单上。

整个晚上，约瑟夫和母亲的沉默不时被电话铃声打破。每当铃声响起，约瑟夫都会吓得一颤，心中升起不祥的预感，战战兢兢地看着母亲拿起听筒，就好像她在拆除地雷。

每接完一个电话，母亲仿佛就被抽掉一点力气。“是贝丝阿姨。”她疲倦地告诉约瑟夫，然后继续坐下盯着角落里的电视屏幕，面无表情。当电话毫无动静地沉寂了两个多小时之后，在母亲的温柔催促下，约瑟夫才同意回去睡觉。

“不会有事的，约瑟夫，”她把儿子前额的头发拢到后面，轻轻地抱了抱他，“我们会熬过去的。我知道这很难，但你要试着不去过分担心。我们两个都需要休息一下。”

约瑟夫躺在床上，思绪纷繁，毫无睡意。他想起母亲一个人坐在房间里掩面哭泣的样子，泪水像珠子一样从她手中滚落，长长的黑发像面纱遮住了脸。他也想起了父亲，想象着他此刻平安无事，回想着他过去开心和大笑的样子。可脑海中的画面最后总会变成一张愤怒、沮丧和疑惑的脸——父亲离家前往布干维尔那天，正是这样一张脸。

约瑟夫试图回忆那天的痛苦感觉和最后几个画面，因为他意识到，否认它们带来的伤害、假装它们不存在是不可能也毫无意义的，既然无法躲避，那就只能搞懂它们。

在约瑟夫的记忆中，父亲的工作就是在外出差，参与一些大型建筑工程项目，比如去西部建造矿井，到南部和塔斯马尼亚修筑堤坝，现在又北上去了布干维尔。从他很小的时候开始，一年中大部分时间，家里就只有他和母亲两个人，父亲只会在圣诞节期间回家住上一个月，有时到了复活节也会在家待几天，或者根据工作地的远近安排回家的时间。

一直以来，他对童年时代最生动的记忆，便是独自一人坐在前门的台阶上，脑袋贴着栏杆，等待奇迹发生：路上的汽车来来往往，其中一辆突然缓缓减速，拐进他们家的车道。他记得每当奇迹时刻到来，自己就会被一双绝非仅仅存在于他想象中的有力臂膀高高举起，也记得当这双臂膀把他抛到半空时，他是多么兴奋和激动。而他最快乐的记忆，始终是第二天早晨醒来的时候，整个世界都变得不一样了——因为他知道父亲回来了，就睡在母亲的房间。

他也知道这样的日子无法长久，几周之后父亲就会离开，他和母亲又要回到只有两个人的生活。每个人都了解和接受这个事实，所以上一次分别与过去相比理应没有什么不同，既然如此，大家为什么还要恶语相向、不欢而散呢？

约瑟夫小的时候还好，等他长大一点，就总盼望父亲能永远留下来，每次分别都意味着痛苦。他希望父亲待在家里，教他做各种事，去各种地方，或者只是跟他说说话。他希望父亲能带他去参加板球比赛，这样他就不用像条小尾巴似的跟着别人一起参赛了，因为母亲很忙，没时间和他一起去。他希望父亲成为家中常驻的一员，而非来去匆匆的过客。然而父亲总有许多不能跟他们待在一起的苦衷，在约瑟夫眼里，它们组成了一堵冰冷的石墙，比如，外地有更好的赚钱机会，本地没有合适的工作，他们负担不起举家搬迁的费用，约瑟夫的学业不能中断，没有合适的时机，必须为大局着想……小的时候，约瑟夫还会勉强接受这些理由，将其视为不可逾越的障碍，而现在他越来越不能接受这样的借口，连他母亲也不那么相信她亲口对儿子说出的解释了。去年圣诞节，约瑟夫注意到了这些变化，他发现母亲已经开始帮他说话了：

“也许你应该再考虑一下，彼得。你不是说，现在外面已经没有那么多工作了，况且就算你现在辞职回家，收入减少，我们也能活得下去。”

父亲听完，把堆满食物的盘子往前一推，像一只被逼到角落里的困兽，阴郁又泄气地说：“还是走一步看一步吧。”

后来有天晚上，约瑟夫被父母的说话声吵醒，虽然听不清说什么，但两人的情绪十分激动，像是在争论。约瑟夫悄悄地溜到房间门口，把门推开一点，望向灯光昏暗的起居室，这才终于听清楚他们在说什么。

“……目前为止一切都很好。”他父亲愠怒地说。

“可现在情况不一样了，他长大了，需要你在家里。”

“他不会有事的——你太溺爱他了。”

“不用你来教我怎么教育我儿子。你从来没教过他，每次回家只待几个星期，然后又走了。你从来没陪过他，甚至根本不了解他。既然你提了，顺便告诉你，他的情况根本没有你想的那么好。他是个好孩子，但他一点都不开心，把所有心事都藏起来，所以你没法从表面上看出他的痛苦和迷茫，再过不久他还会变得愤怒。彼得，他需要你。你不能总是逃避。”

“我没有逃避，也没有抛弃他。”丈夫立刻反驳道，“我就在这里，你知道的，我没有甩手不管。我拼命工作完全都是为了你们两个，为了养活这个家，给孩子交学费，付各种该死的账单。现在看来这样似乎还不够。”

“当然不够。”妻子冷冷地说，“这和钱什么的完全没有关系。起初或许跟钱有关，但现在……现在你儿子需要一个父亲。看在上帝的分上，他需要认识你。”

“胡说八道，他本来就认识我。”

“真的吗？有时候我觉得连我都不认识你了。”

母亲冷冰冰的语气和接下来可怕的沉默让约瑟夫感到震惊，就像被刀子猛地划了一下。

父母肯定还背着他进行过许多次这样的对话，因为二月份父亲结束了新南威尔士的项目后，回来在本地的市议会找了份机械操作员的工作。约瑟夫的愿望实现了，可父亲却终日闷闷不乐，暴躁易怒。并非因为新工作多难多累，事实恰恰相反。真正的原因在于，约瑟夫的父亲习惯了从事规模宏大的工程建设，实在没法把市议会安排的那些修补路面、给公园除草之类的零活放在眼里，觉得这样的工作有失体面。

最初的几周，约瑟夫和母亲还会坐在餐桌边，颇为同情地倾听彼得·戴维森抱怨工作中的烦恼，比如缺乏组织计划性，效率低下，有时仅仅是等别人把工具送过来就要浪费大半天；

机器老旧过时，维护不当；同事要么懒惰，要么不称职；工头软弱无能……一切看起来都像个“该死的笑话”。

一连好几个星期过去，约瑟夫眼看着父亲越来越消沉，劳拉问他当天过得怎么样，他就含糊地应付几句。起先他以为这是父亲开始接受新生活的表现，后来才从父亲和家人对话时那种无形的紧张气氛中意识到问题的严重性。

又过了一段时间，父亲的心情奇迹般地变好了，比他过去回家度假时的兴致还要高。约瑟夫对此喜出望外，以至于忽略了母亲越来越忧心忡忡的眼神。

现在，约瑟夫躺在黑暗中的房间里，不知道父亲是死是活。他想起了那个特别的星期六，就许多方面而言，那都称得上他生命中最精彩也是最糟糕的一天。

那天上午，学校里有一场板球预选赛，约瑟夫记得自己非常自豪地跟父亲来到学校，看到父亲和其他同学的家长有说有笑，他激动不已。他还记得自己当时既紧张又激动，拼尽全力打好比赛，当他接住一个高难度的球时，父亲开心地朝他笑笑，竖起了大拇指。

那天的奇迹一直持续到吃晚饭的时候，直到父亲从容不迫地把刀叉搁在沾满肉汁的盘子上。他若有所思地对儿子说：“伙计，我有件事需要告诉你。”

约瑟夫等待着。父亲语气中有什么东西让他觉得害怕。

“有人给了我一份工作……在布干维尔。”他顿了顿，继续道，“我打算接受。”

起先约瑟夫没听懂父亲的意思，于是疑惑地望向母亲，发现她僵直地坐在那里，愣愣地盯着眼前的桌布。

“哪里？”

“布干维尔。”父亲重复道，“是新几内亚海岸附近的一个岛，他们说——”

“新几内亚？”约瑟夫打断了他，语气中带上了警觉的意味。

“是的，我知道听起来很远……”

“可你已经有工作了。”约瑟夫不顾一切地再次打断他。

“我知道……我已经辞职了。”彼得·戴维森看到儿子神情恐慌、难以置信地瞪大了眼睛。

“为什么呀？”

父亲摇摇头，思索了一下该如何说才能让儿子听懂，然后开口道：“约瑟夫，我试过了，真的，但那份工作——市议会的工作——我干不下去了。这份新工作才是我真正习惯和擅长的，钱也给得多。这样我们就能买得起你想要的电脑了。”

“我们不需要更多的钱，妈妈说了，而且我也不想要什么破电脑。你说你这次会留下的，你保证过了。”

约瑟夫的语气越来越苦涩，父亲却冷漠以对：“听着，约瑟夫，我很抱歉，但你已经长大了，应该明白不是每一件事都能如愿以偿，别这样不懂事。我已经决定了，明天就得搭飞机过去。”

“明天！”约瑟夫惊愕地叫道。

“是的，我知道这很突然，但时间紧迫，我也是前几天才知道的。本来想早点告诉你，可我希望等今天的预选赛结束后再说。”

那一天度过的快乐时光瞬间全部闪现在约瑟夫脑海中。“可是你为什么一定要走？你可以在这儿另找一份工作，更好的工作。他可以的，对不对，妈妈？”

约瑟夫扭头去看母亲，只见她盯着天花板，拼命忍着不去眨眼，所以尽管泪水已经溢满了眼眶，却没有一滴流到脸颊上。她静静地坐着，下巴起皱，微微颤抖。

“行了，约瑟夫，别再纠结了，好吗？瞧你把妈妈都惹哭了。”

“是我吗？”约瑟夫爆发了。

“你先冷静一下。”父亲干脆而坚定地说。

约瑟夫只觉得两眼发酸，喉咙干涩。“你总是想着要走。你为什么不愿意跟我和妈妈在一起？我们哪里做错了？”

“别说傻话，”父亲生气地说，“你们没有错。我不是告诉过你为什么要走吗？你也该长大了，像个大人一样，不能老像小孩子那样哭哭啼啼的。”

约瑟夫的母亲突然转过身来，好像刚刚被解除了定身咒，越过桌子去抓儿子的手，然而对方把手缩了回去。

“那就走吧！”约瑟夫吼道，用力把椅子往后一推，旋风般冲向门外。

“约瑟夫！回来坐下！”父亲咆哮道。

“不！你想走就赶紧走！”约瑟夫咬牙切齿道，“快走！我不希望你留下——我恨你，但愿你永远别回来！”

这是他对父亲说的最后一句话。

第二天早晨天还没亮，约瑟夫就被房子里的声音吵醒了，他听见父母在说话，知道父亲准备离开了。过了一会儿，他的卧室门被人轻轻地推开一条缝，在黑暗中，他只能看到父亲模糊的身影。“约瑟夫，你醒了吗？我要走了。”

约瑟夫一动不动地躺着，父亲的声音很快便淹没在房间的暗影中。直到房门被关上，外面传来汽车发动后渐渐驶离的声音，约瑟夫才喘息着睁开眼睛，在黑暗中悲伤地抽泣起来，懊悔不已。

虽然这些都是六个月前的事了，但约瑟夫最后对父亲说的那句话始终像刀子一样扎在他的心上。

他被这段记忆折磨得痛苦不堪，猛地踢开被单，翻身坐了起来。他想起父亲从布干维尔写来的几封信，信的开头一律都是“亲爱的劳拉和约瑟夫”，最后则是“爱你们两个”之类的话，从来没有单独写给他的只言片语，也没提及此次离家时的不愉快。与往常一样，父亲的来信一般都会用他独有的坦率方式介绍自己的工作、同事和所在国家的情况，母亲也会像约瑟夫小时候那样读信给他听。约瑟夫边听边留意信里有没有单独写给他的话，但父亲往往在信的结尾才会对他提及一二，比如“约瑟夫在学校表现怎么样？约瑟夫通过板球预选赛了吗？约瑟夫按时给花园除草了吗？”语气就跟他问起家里那台车的时候没有什么两样。

这一年早些时候，在母亲的催促下，约瑟夫曾试着单独给父亲写信，然而想说的话写到纸上就变得笨拙和做作起来。最后，他灰心丧气地划掉了开头那句“亲爱的爸爸”，把写好的信撕成了碎片。

就这样，过去的六个月，约瑟夫和父亲之间的隔阂越来越深。此刻他独自坐在房间里，担心他们的关系可能永远停留在这种状态。他恐惧又无助地滑到床下，多年来第一次跪下祈祷。当膝盖触及地板时，他弯下腰，双手捂脸，闷声闷气地说：“求求你，上帝，让他活着吧……”

这样的词句对如今的他来说是陌生而别扭的。他看着自己的手，像小孩一样慢慢地双掌合十。他记起从前自己是如何每天晚上跪在床边祈祷的，那时候他做得轻松熟练，感到无比安稳和确定，然而现在却难以找回曾经的感觉，在静止和空虚中，他感受到的只有自己的呼吸和轻柔的心跳声，仿佛全世界只剩下他一个人。

刺穿夜幕的电话铃声突然响起，约瑟夫听到开灯的声音和母亲急促的脚步声，喧闹的铃声戛然而止。

“求你了，上帝……”约瑟夫紧咬牙关，喘着粗气。

他走进起居室，看到母亲一动不动地站在那里，听筒举在耳边，来自卧室的灯光柔和地倾泻在她身上。母亲脸色苍白，面无表情，最后，她低声说了一句约瑟夫没有听清的话，握着听筒的手缓缓地滑到胸前。

“妈妈！”约瑟夫的声音在寂静中颤抖。

劳拉·戴维森抬起头，看着儿子惊恐的脸。

“妈妈，怎么了？”

约瑟夫看着母亲的身体瘫软下去，她的脸痛苦得皱成一团，没等约瑟夫反应过来，她手中的电话听筒便垂了下来，在半空中摇摆震颤，如同挂在绞索上的囚犯。

15

“约瑟夫？”

汤姆·莱顿惊讶地看着面前这个穿睡衣的男孩。他见约瑟夫紧绷着脸，赶紧往里退了退，让男孩进屋。

电话是一小时前打来的。约瑟夫的母亲筋疲力尽，吃了点药总算睡着了，但约瑟夫的脑子里仍有无数个可怕的问题在飞速旋转。

他凝视着窗外漆黑的夜幕，只有一盏灯温柔的光抵抗着黑暗——汤姆·莱顿窗帘后面亮着的那盏。不知怎的，约瑟夫不由自主地来到这个唯一亮灯的地方，像一只飞蛾靠近一盏柔和的灯。他耷拉着脑袋靠窗坐下，汤姆·莱顿坐在床沿上，就像平常画肖像时那样。

“约瑟夫？”汤姆·莱顿又叫了一声，声音轻柔了许多。

“妈妈接到电话，”约瑟夫仍旧垂着头，“说医院里那几个人，一个死了，另外两个活下来了。他们确认了这几个人的身份……里面没有爸爸。”

汤姆·莱顿盯着自己的手点点头，过去那种熟悉的沉默像洪水一般奔涌而来。

“他不会回来了。”约瑟夫低声说，呼吸有些急促。

“那可说不准。”

约瑟夫把头埋得更低，下巴都快触到胸口了。“我们大吵了一架……爸爸去布干维尔那天。我不想让他走，我想让他和我们在一起。他不听……我说……我告诉他……别再回来……永远别回来……可是我……”

约瑟夫猛地站起来走到书桌旁，背对着汤姆·莱顿。

“约瑟夫，你别……你当时在气头上，还很伤心。你爸爸会理解的。他知道你不是那个意思。”

约瑟夫抬眼看到埃舍尔那幅天使与魔鬼打转的画。他使劲盯着中间那个圆睁着眼睛一脸嘲讽的蝙蝠状魔鬼，直到整幅画变成一群盘踞在球面上的黑色魔鬼，完全看不到白色天使了。

“他总是不在家，我恨他，可现在……就像你说的。”

“我说什么了？”汤姆·莱顿不安地问。

“总有更糟糕的事。”

熟悉的话语从男孩嘴里冒出来，在汤姆·莱顿脑袋里隆隆回响。

“就像那个迷宫野兽的故事，你说过，总有更糟糕的事等着我们。你说得没错。”

“约瑟夫，你不该这样想。我知道你很担心你爸爸，但是……”

“你认为他还活着吗？”

汤姆·莱顿被问得措手不及，还没来得及说什么，约瑟夫就把脸转了过来。

“既然他不在医院，那就一定在山上。”约瑟夫面无表情地说，“你觉得他还能在那堆东西下面活着被找到吗……都过了这么久。”

“约瑟夫，我保证过永远不对你说谎。你爸爸的情况，我只能说不知道。没人能知道。”

“只能靠奇迹了吧——假如他还活着。”

汤姆·莱顿一声不吭地坐着，像个被判死刑的犯人，等待斧头落地。

“你说过不要相信奇迹。”

“我那样说不对。”

“可你的确不相信奇迹，对吗？”

汤姆·莱顿沉思许久才开口说：“你是说让水变成酒或者让盲人重见光明那种奇迹？不，我不相信那样的奇迹。可要是……还有另外一种奇迹呢？普通、日常甚至有点无聊的奇迹。”他扭头盯着眼前厚重的窗帘，“也许我们误解了奇迹。也许它们根本没那么壮观，毫不起眼，既迟缓又乏味，就像冰川雕刻出山谷那样难以察觉。比如一个女人为她哥哥浪费了一辈子，或许这就是奇迹；比如一个男人一直在跑，哪怕这场比赛输掉了千万次也绝不停步，或许这也是个奇迹。”

他顿了顿，认真地看着约瑟夫。“或许男孩子也可以成为奇迹……也许奇迹就是太普通了，我们都忘了要怎么看见。我们祈求奇迹，期待奇迹，等啊等……也许它们一直都在。也许有时候我们得创造属于自己的奇迹……只是需要一点时间。”

约瑟夫一言不发地站起来，好像一个字也没听见似的，最后面无表情地说：“妈妈说我应该祷告。我试过了……你说得没错。”

汤姆·莱顿探询地望向那双冰冷空洞的眼睛，发现里面除了自己忧伤的倒影，什么也找不到。

“我该回家了，妈妈快醒了。”约瑟夫转身要走，一双大手抓住了他的肩膀。

“约瑟夫！等等。不要被我那些丧气话给害了！无论你爸爸发生什么事，求求你，千万不要变成我这样子！我会受不了的——我造的孽已经够多了。”汤姆·莱顿绞尽脑汁想要解释清楚，“我不知道自己还相不相信，也不知道还有什么可以相信……我只知道，这三十年来我一直不敢有什么奢望，就因为那个噩梦。而你改变了这一切。你改变了我。我觉得……我觉得有时候……自己就像一只飞蛾，刚从茧里出来，还不知道自己变成了什么，也不知道该做些什么……还有，既然我的翅膀飞不起来，又要它干吗？”汤姆·莱顿恳切地看着约瑟夫，可他却像手术台上奄奄一息的病人一样无动于衷。男孩肩膀上那双大手紧了紧又松开，随即滑了下来。

约瑟夫朝后门的平台走去，汤姆·莱顿跟在后头。两个人在平台上默默地伫立了片刻，看院子里的桑树伸着茂密的枝丫沐浴在满月的银辉中。

“每个人都说没事的，说爸爸会没事的。他们还以为我是小孩子，什么都信——你小时候不是还相信桑树上有蚕吗？道理是一样的。他们想让我相信根本不存在的东西。太愚蠢了。你可以尽情祈祷，但你永远也不会在桑树上找到一只蚕……我爸爸不会回来了……再也不会。”

“约瑟夫……”汤姆·莱顿伸出手，可是约瑟夫已经下了台阶，拖着悲戚的步伐缓缓穿过院子。经过桑树时，他抓起一根细枝，任它从指间划过。几片桑叶被划拉下来，疼痛地打着旋落向地面。

第二天清晨，太阳还没有穿透地平线，约瑟夫就在灰蒙蒙的天光中早早醒来。睁眼的那个瞬间，他觉得这不过是又一个平凡的早晨，但下一秒便想起这几天噩梦般的生活，挣扎着想在这冷酷又陌生的世界呼吸点新鲜空气。

仿佛要确认他熟悉的世界不见了，约瑟夫起身推开床前的窗户。窗外的景象果真一片惨淡，失去了原有的色彩。约瑟夫拿胳膊垫着下巴，注视着第一缕阳光跨过地平线，在房子之间悄悄爬行，给沉闷的街道渐渐添上形状和色调。

灰色的树木和天空恢复了绿色和蓝色，模糊的轮廓也有了分明的线条，可尽管眼前的一切重又刷上了色彩，约瑟夫还是惦记着潜伏在这一切背后的那个黑暗未知的世界。它一直都在，约瑟夫心想，就在每个平凡日子一戳就破的虚饰背后，伺机而动。

正当他探出身子，准备把这个不可靠的世界关在窗外时，第一缕阳光爬上了莱顿家那棵桑树最高处的叶片。一个彩色的亮点突然在他眼前一闪，乍一看像只黄色的蝴蝶，可是并没有翅膀在颤动。约瑟夫仔细看了看，发现树丛里还有更多星星点点的颜色，仿佛一夜之间有只巨大的蚕蛾产下了许多卵。

在好奇心的强烈驱使下，约瑟夫迅速穿好衣服，蹑手蹑脚走到屋外。篱笆的铁把手湿漉漉的，抓在手里有些凉。初升的阳光照进眼睛里，晃得他看不清桑树上的东西。于是他越过栅栏，轻轻地落在莱顿家的院子里。

走到离桑树几步之遥的地方，约瑟夫停住脚步，扫视了一遍近处的桑叶和树枝，然后抬头向高处的树冠望去，顿时惊讶得呆在原地。到处都是蚕茧。上百颗蚕茧从一根又一根树枝上垂下来，宛如金色的水滴悬挂在深绿色的叶间，美不胜收，仔细看还能发现更多，简直令人着迷。怎么可能呢？一定是在做梦。

他上前一步，捧起一颗蚕茧。松散的蚕丝拧成了一股粗壮的丝线，用来将蚕茧系在树枝上。所有蚕茧都做了这番加工，每一颗都煞费苦心地在树枝上打了这么个结，底下还都有个小圆孔。

约瑟夫把整棵树上下打量一番，震惊于这浩大的工程。这得花多少时间啊？头顶的景象简直比梦境还要不可思议。他充满敬畏地站在那里，仿佛置身一处圣地。

约瑟夫绕着桑树慢慢转过去，突然发现垃圾焚烧炉后面横着一架旧木梯，应该是昨晚倒下的。梯子旁边躺着一个人，胳膊垂在身体两侧，双眼望向天空，正是纹丝不动的汤姆·莱顿。

“莱顿先生？”

约瑟夫的声音近乎耳语。有那么一瞬，他以为汤姆·莱顿只是在树下睡着了，但这个愚蠢的想法很快就像受惊的鸟儿一样飞出了脑海。约瑟夫惊慌地冲上前，把梯子搬到一边。等他跪到汤姆·莱顿身旁，才发现这个男人的衣服被露水浸湿了，侧脸上还有瘀青和血迹，显然是磕在了焚烧炉上。汤姆·莱顿的胸膛缓慢地起伏，玻璃般的眼珠茫然地直视前方。约瑟夫向前探身，俯视着那双时常让他充满畏惧和疑惑的眼睛。

“莱顿先生？莱顿先生，你能听见我说话吗？是我，约瑟夫。”

汤姆·莱顿的眼珠迷茫地转了转，目光徘徊了片刻才落到约瑟夫脸上，仿佛看到了一线生机。

他的嘴唇动了动，含混地吐出几个字：“约瑟夫……”虽然声音很小，但在约瑟夫听来就像诗句一样美妙。“我在呢。”约瑟夫说完，汤姆·莱顿又痛苦地说了几个字，但这次约瑟夫没有听懂。

“抱歉，什么？”

“药片……”

约瑟夫的胃一阵痉挛。他在汤姆·莱顿的衣袋里慌忙地摸索药瓶，暗中咒骂自己的愚蠢。他以为只是摔了一跤，完全忘了汤姆·莱顿有心脏病，不能过度操劳，却偏偏在桑树下忙碌了整整一夜，频繁挪动沉重的梯子，不停地爬上爬下，伸手去够最高处的树枝，疯了一样打那么多细小的结……这一切究竟是为了什么？为了他吗？

约瑟夫抖落出一片药，小心翼翼地放进汤姆·莱顿嘴里。

“我去拿水……叫卡罗琳。”他说完起身要走。

“不，等等……拜托。”

汤姆·莱顿想要抬起右手，却只有几根手指虚弱地动了动。约瑟夫再次跪下，握住汤姆·莱顿颤抖的手。

“我没事了……现在。你……不要走。”汤姆·莱顿吃力地挤出破碎的低语。

他闭上眼睛喘息了一阵，呼吸逐渐粗重起来。等到再次睁开眼，他像个欣喜若狂的孩子，注视着头顶那脉络分明的大片桑叶和枝叶间垂下的金色蚕茧。桑叶的影子在他脸上投下柔和的斑点。

“你……觉得……我的奇迹怎么样？”汤姆·莱顿脸上浮起一抹几乎难以察觉的笑容。

“很了不起……我……”约瑟夫找不到合适的字眼，就像拿着笔在一张空白干净的纸上画下笨拙的线条。他感到汤姆·莱顿用力捏了捏自己的手。

“你能……替我完成吗？”

约瑟夫环顾四周，这才发现树下有只塑料袋，里面的蚕茧撒了一地。

“只差一点就完成了。”

“我们可以一起……等你好起来。”约瑟夫局促不安地说。

汤姆·莱顿挣扎着抬起胳膊，在约瑟夫的帮助下，他伸出手来，托着男孩的一侧脸颊。“谢谢你……成为我的奇迹，约瑟夫。告诉卡罗琳，我爱她……还有，我很抱歉……为所有的事。”

“不，你会好起来的。”约瑟夫急忙说。

一阵突如其来的战栗掠过汤姆·莱顿的脸庞。他的眼睛睁大了片刻，嘴唇也分开了，搭在约瑟夫脸颊上的手垂下来，揪住了男孩的衬衫。

“莱顿先生！莱顿先生，你怎么了？”

汤姆·莱顿眼中的痛苦神色很快便消散了，双眸犹如两团即将熄灭的余烬，闪烁着温暖的光芒。

“莱顿先生，你怎么了？”

汤姆·莱顿在紊乱的呼吸中挣扎着吐出字句：“没什么……可担心的，”他以他特有的平静抚慰着男孩眼里的悲伤，“不过是……一阵……痛楚的欢喜。”

约瑟夫觉得自己整个身体开始颤抖，胸中难以抑制地涌起一股恐惧的寒意，无情地撕扯着他的喉咙。“不……不……”

汤姆·莱顿的目光飘回桑树枝上，苍白的脸上挂着一抹虚弱的笑意，两颗眼珠毫无意识地微微颤动，片刻后又忽然定住。“约瑟夫？你在吗？”

“我在。”男孩又往前凑了凑。

“我知道……你可以对……奔跑怪人……说什么了……”

汤姆·莱顿的嘴巴动了动，然而没能发出声音。约瑟夫一只手轻轻地按在他胸前，压低身子，脸贴着脸，耳朵凑向他的嘴唇，感受着手掌下方传来的迟缓的心跳。

“告诉他……”

汤姆·莱顿轻轻地呼出一口气，柔和的气流充满了约瑟夫的耳孔，同时吐出的话语如同飘浮在夜空中的云朵，与微风般的吐息逐渐彼此交融，最终像薄雾一般消散不见，只留下无言的沉默。

约瑟夫一把抱住汤姆·莱顿宽阔的肩膀，无法控制地抽噎起来。他绝望地看着汤姆·莱顿的脸，一如往常那般面无表情，视线凝固在悬垂的枝叶上，仿佛要永远注视着它们。“不，别这样，求求你！”

约瑟夫渐渐松开汤姆·莱顿的身体，摇摇晃晃地站起来，一脚绊在木梯的横档上，脚踝扭了一下，又蹭破了皮。约瑟夫只觉得一阵火辣辣地疼，向前爬了几步，扶着垃圾焚烧炉站立起来。脑袋一阵眩晕，身体轻飘飘的，模糊的斑点开始蚕食视野的边缘，他知道自己很可能会晕过去，赶紧抓住焚烧炉粗糙的水泥边缘，任由身体缓缓向前倾倒。

他的眼睛在黑暗中逗留了片刻，接着一点一点分辨出周围物体的形状，还有模糊的灰色阴影。约瑟夫意识到自己面对的是黑魆魆的炉膛，还有底下的烟灰和尘土，脸上又凉又湿。他双手撑着焚烧炉直起腰，感觉刚才灌满油水混合物般的脑袋恢复到了原先的状态。

他知道应该去找卡罗琳。就在他终于挪动了不听使唤的身体时，突然听到有人叫他的名字。紧接着又听到第二声。约瑟夫抬起头，循声望去，透过凌乱的树枝看到了她。

是约瑟夫的母亲。她正趴在约瑟夫房间的窗台上，挥手呼喊他的名字。为了看清她的表情，约瑟夫眯起眼睛，看见妈妈脸上洋溢着欢乐的笑容。

16

三天前，约瑟夫惊讶地望见母亲笑着呼唤他的名字，随后意识到父亲还活着。原来，根本不需要什么奇迹就能让父亲化险为夷，在一系列条件的相互作用下，彼得·戴维森根本没有到过山体滑坡的灾害现场。出发前一晚，他突然感染了热带病毒，被送进当地医院，接连几天高烧不退，时而清醒时而昏迷，对那场灾难以及家人的担忧一无所知。而那三个失踪人员都已经确认死亡。

灾难引发的混乱和信息阻塞使得有关部门直到汤姆·莱顿去世那天早晨才联系上戴维森太太，确认她的丈夫还活着，只是身体还没完全康复，经过一两周的休养，公司会送彼得·戴维森回家，让他提前开始享受圣诞假期。

等约瑟夫明白过来母亲笑容的含义，竟不知自己是喜是悲，交织着释然的喜悦和失去的痛楚。后来他才回忆起来，自己当时瘫倒在地，接着就听见母亲焦急的呼唤，感觉到她冰凉的手掌抚摸着自己的脸。

之后发生的事只在他脑海中留下了几个模糊的画面，犹如古旧的幻灯片，在眼前跳跃闪动一阵后渐渐消失在黑暗中。他只记得母亲看到汤姆·莱顿时美丽而哀伤的面容，以及一声痛苦的叹息“噢，不”；卡罗琳敞开后门，困惑地朝她的客人们微笑；他独自一人木然地坐在汤姆·莱顿的房间里；白色的大救护车缓缓地驶过莱顿家的车道。

那天晚上，约瑟夫取出速写簿，把他给汤姆·莱顿画过的素描全部摆了出来。他端详着每一张肖像，种种回忆与情感涌上心头，充盈了整个房间。最后，他从本子里抽出一张白纸，坐在书桌前画了起来。

第二天，约瑟夫和母亲一道去看望卡罗琳，却发现有位客人已经来过了。

“炖菜、汤和刚出炉的饼干，”卡罗琳指着厨房里好几个盘子说，“全都是莫索普夫人的手艺，她说我需要保存体力……真是个好人。我完全没有想到。”

“她是个让人惊讶的女人。”约瑟夫的母亲和蔼地说，“我能做点什么吗？什么都行。”

“不用，你已经帮了我很多忙，基本上都准备好了。今天下午我会跟凯文神父见个面，确定最终安排。不过，我倒是需要拜托约瑟夫帮一个忙。”她举起那个装着剩余蚕茧的塑料袋，“就是这个。”

两个女人并肩走到篱笆旁，交谈了一阵子，然后卡罗琳回到桑树下找约瑟夫，看着他小心翼翼地从一只蚕茧上抽出蚕丝，拧成坚固的丝线，牢牢地系在柔韧的桑树枝上。卡罗琳也跟着一起在温暖的阳光下默默地忙碌起来。

过了一会儿，约瑟夫还在继续，卡罗琳向后倚在垃圾焚烧炉上，注视着眼前的桑树。“它真美啊。”她说，难以置信地摇摇头。

“妈妈说它像一棵圣诞树——金色的圣诞树。”

卡罗琳微笑着继续环视整个树冠，但约瑟夫知道，她脑海中的问题尚未得到解答。昨天晚上，母亲也曾问过他同样的问题。

“他做这些是为了我……因为爸爸的事，还有其他……这是一种象征……不要放弃希望。”

卡罗琳绷紧了脸，使劲眨眨眼睛，硬是把眼泪憋了回去。“原来如此。”她勉强地笑了笑。

约瑟夫仔细打量着卡罗琳，决定继续说下去：“他把当时发生的实情告诉了我……在越南……那个小男孩。”

卡罗琳没有作声，但她惊讶地盯着约瑟夫，好像第一次真正认识他一样。

“他还说了别的，在他……之前，他说他很抱歉……还有，他爱你。”

卡罗琳再也忍不住，肩膀抽动起来，把脸埋进了手里。

约瑟夫不知所措地向她挪近一步。“对不起。”他无助地说。

卡罗琳抬起头，手指滑到下巴上。“噢，约瑟夫……”她动情地伸出双臂，温柔地抱住了他。

“对不起……是我的错。”

卡罗琳把手按在约瑟夫肩头，望着他忧愁的双眼，坚定地说：“别傻了，约瑟夫。不准再说这样的话，你是最不应该感到抱歉的人。”

“可他这样做全都是因为我，他为我做得太多了……要是我早一点替他取出药片，或者马上喊人帮忙，或者做点什么……我……”

“你或许能救他？”

约瑟夫伤心地点点头。

“约瑟夫，看着我。你难道还不明白吗？你已经救了他。”

卡罗琳探过身来，亲了亲约瑟夫的额头，然后搂住他的肩膀，深吸一口气说：“来吧，我们还有一个奇迹要完成！”

塑料袋里只剩两只蚕茧了，卡罗琳把它们拿出来，托在手中。“最后两个，”她说，“你来把它们系上去，毕竟你才是我们这里的奇迹创造者。”

约瑟夫接过蚕茧时，感觉到它们在微微颤抖。他挑出其中一只，轻轻抽出松软的蚕丝，熟练地拧成一股丝线。“那幅肖像我画完了，昨天晚上。”他边说边把丝线系到树枝上。

“真的吗？太棒了。我等不及要看一看了。你肯定能得最高分。”

“等老师发下来，我希望你能留着它。”

“约瑟夫，你确定？你可是为它努力了很久啊。”

“我确定。反正我还可以随时过来看它，对吗？”

卡罗琳的眼里险些再次涌出泪水。“噢，当然，随时欢迎。任何时候都行。”她轻声地说。

“我还要再画一幅肖像……给另一个人。”

“另一个人？是谁呀？”

约瑟夫系好最后一只蚕茧，让纤细的树枝复归原位。

“我想试着画一画我爸爸。”

17

上午的阳光照亮了圣犹大教堂的彩色玻璃长窗，在对面的墙壁上投下万花筒般的五彩光影。过去这三天，约瑟夫的生活就像这些缤纷的影子一样模糊而混乱，他迫切希望能在这一切背后找到某种有意义的图案或形状——假如他知道该往哪里看的话。

“约瑟夫？”

这是母亲的声音。他转过脸，看到母亲递过来一块白色的小手帕，这才意识到自己流泪了，于是接过手帕，飞快地抹了抹眼睛，逐渐从回忆中抽离，周围的场景和声音随即变得清晰起来。

坐在约瑟夫另一边的卡罗琳显然也在想自己的心事。管风琴弹奏出赞美诗的最后一个音符，神父示意卡罗琳上台。她走到圣坛一侧的大理石讲台前，把一张纸搁在支架上，望向聚集在高耸穹顶之下的众多悼念者。“我想要谢谢在场的每一个人，非常感谢你们能来。你们中的大部分人可能还不认识我哥哥，所以我希望尽可能简单地把他介绍给大家。他的全名是托马斯·斯蒂芬·莱顿，生于1949年。我们在阿什格罗夫亚瑟街一号的祖屋里一起长大。他曾经是个友好、风趣、善良、慷慨、优秀的哥哥和儿子，他的妹妹十分仰慕他。我记忆中的汤姆总是开朗活泼，很容易就能交到朋友，平等对待每一个人，特别关照那些可能被其他人回避疏远的人。汤姆的理想是做老师，传递他爱的话语。他肯定能成为一个了不起的老师，假如1969年他不曾应征入伍前往越南的话。”

卡罗琳顿了顿，低头看着面前的讲稿，紧紧地抿起嘴唇，做了个深呼吸，随后才继续讲下去：“就许多方面而言，我记忆中的那个汤姆·莱顿——我的哥哥汤姆——早就死在了那场战争中，而回到家里的那个人，带回来的只有伤痛和恐惧。他尝试做过老师，然而事实证明，战争给他留下的记忆是不堪忍受的。返回亚瑟街之后，他开始闭门不出，把自己和他的蚕关在一起。三十多年来，他完全像是变了一个人，把过去的自我隐藏在内心深处，连我都难以相信他就是汤姆·莱顿。我以为自己已经永远失去了哥哥，再也见不到他了。可是我错了。过去的两个月，他终于回来了。是我的朋友和邻居约瑟夫·戴维森找到了汤姆，把他领回我面前，为此，约瑟夫，我永远都无法报答你。谢谢你，约瑟夫。谢谢你在汤姆需要你的时候出现，谢谢你给他画的肖像，它很棒。透过你的眼睛，其他人才有机会看到汤姆真实的样子，看出他是个温柔可爱的人。"

卡罗琳用颤抖的双手叠起那张纸，回到约瑟夫旁边的座位上，紧紧握了握他的手臂。

约瑟夫又看了一眼圣坛边的棺材。圣犹大教会小学的老师加德纳夫人组织班里的学生给"养蚕人"写了感谢卡片，还画了许多幼蚕、蚕蛾和蚕茧的画。现在这些卡片和图画就摆在棺材两侧，犹如闪亮的彩色叶片。卡罗琳把几根带叶子的桑树枝编成了纪念花环，上面还点缀着一些她保留的蚕茧。在花环的中央，棺材的正前方，摆着约瑟夫最终为汤姆·莱顿创作的肖像画。画框里是一张温文尔雅的笑脸，眼睛里闪着惊奇的光，仿佛刚刚目睹了一个奇迹。

这幅肖像还被印在了葬礼弥撒手册的封面上，下面配着那行诗句："睡吧，睡吧，我们很快就会在梦中相见。"约瑟夫在封面的边框上精心绘制了交织的桑叶，以及蚕从蚕卵到蚕茧的生命历程，手册封底则印着《蚕》的整首诗。

仪式结束后，约瑟夫、卡罗琳和戴维森夫人一起，跟着棺材穿过长长的教堂过道，沿途见到许多张熟悉的面孔，有莫索普夫人、卡钦斯先生和他妻子，还有加德纳夫人以及一些约瑟夫叫不出名字的邻居。

随着队伍的移动，约瑟夫慢慢不再好奇那些陌生的面孔究竟是谁，就在这时，过道尽头的一张脸映入他的眼帘。一个孤零零的悼念者深深地垂着头，蜷缩在教堂最远处的角落里，尽管那边光线昏暗，约瑟夫还是准确无误地认出，这个蜷缩着身体、微微晃动的人影就是奔跑怪人。

棺材刚刚抵达教堂门口，奔跑怪人就抓起他的破帽子，紧紧按在胸前，溜出座位，跌跌撞撞地穿过一扇侧门跑了出去。一股莫可名状的恐慌在约瑟夫的身体里蔓延开来。没有时间跟母亲和卡罗琳解释了，赶在人们围上来表达哀悼与慰问之前，约瑟夫迅速穿过人群，朝教堂庭院的大铁门跑去。前方那个佝偻着背的人影已经急匆匆地穿过马路，沿着阿什格罗夫大道跑了起来。

约瑟夫抓着冰冷的铁门迟疑了片刻，心脏在胸腔中狂跳，随即，他像听到发令枪响的运动员，一个箭步冲到门外，开始追赶奔跑怪人。

奔跑怪人夸张的跑步动作非常具有迷惑性，实际上他只是以比慢跑稍微快一点的速度向前移动。冲刺追逐的过程中，约瑟夫脑海里多次闪现出那些最可怕的噩梦场景，眼前这个熟悉的披头散发的影子也越来越近，每跨出一步都迅速放大一些。

当距离对方只有几米远时，约瑟夫放慢了脚步。他已经能清楚地听到奔跑怪人破烂的鞋底拖过人行道的声音，看到他稀疏的长发在大幅度跑姿的作用下随风飘摇，感觉到他步伐中不堪承受的痛楚。

犹疑和恐惧像黑色的蝙蝠，拍着翅膀乌压压一片从约瑟夫心中掠过。他强迫自己叫道："等等！"

这两个字软绵绵地爬出约瑟夫的嘴巴，很快就被一阵风吹得没了踪影。

约瑟夫慢慢向前靠近，奔跑怪人的呼吸声和心跳般的脚步声传进他的耳朵里。

"请你等一下，好吗？"

对方依然没有回应。

约瑟夫迈开大步，来到对方身后一步之遥，伸出手臂。

他的手指碰到了一副僵硬的肩膀。奔跑怪人警觉地转过身来，眼里跳跃着恐慌，约瑟夫立刻缩回手来，奔跑怪人摇摇晃晃向后退去，举着胳膊像个被逮捕的犯人。

"对不起……我，我不是……我……"约瑟夫结结巴巴地说。

奔跑怪人来回晃着脑袋，眼珠乱转，仿佛没有看到面前的男孩。约瑟夫拼命想要解释自己这样做的原因，向奔跑怪人，也向他自己解释。

"我，我在教堂里看见你……葬礼上。我只是……"

虽然奔跑怪人已经停住了步子，但他身体的某些部分似乎还在奔跑，他的重心从一只脚换到另一只，双手漫无目的地摇晃，不知道该放在哪里才好。

“我叫约瑟夫。”

奔跑怪人的眼珠继续四处扫视。

“去世的那个人，莱顿先生，是我的朋友。”

约瑟夫研究着对方的表情，看他是否有所反应，然而奔跑怪人依旧像个发狂的动物，焦躁地等待着逃跑的时机。

“我们之前遇到过，在候车亭。当时在下雨，我带着一些蚕。”

奔跑怪人似乎愣了一下，脑袋向后一扬，随即缓缓地弹回前方，身体依然在乱动，但速度显然变慢了，也更克制。他的眼睛盯着约瑟夫头顶的空气，好像在听男孩说话。

“我记得你当时说了一句话，那是一首诗里的句子。”

约瑟夫等待对方回应，但奔跑怪人还是无动于衷。男孩几乎放弃了希望，这时他突然想起从教堂带出来的弥撒手册。“就是这首诗。”他把手册的封底给对方看。

奔跑怪人朝那页纸飞快地扫过一眼，随即又胡乱转起了眼珠。就在约瑟夫快要泄气时，对方瘦长的手指竟伸了过来。

起初，约瑟夫怀疑奔跑怪人根本不会读那首诗，因为他似乎并不清楚自己手里拿的是什么，但接下来，他的视线缓缓地飘落到页面上，开始沿着一行行诗句挪移，嘴唇也跟着开开合合。约瑟夫耐心地等待着。奔跑怪人的动作逐渐变得不再那么疯狂，最后只有脑袋在有节奏地缓慢摇晃。一种奇怪而陌生的平静感降临到男孩身上，他仔细端详着眼前的男人，意识到对方那浮肿的眼睛和凌乱的胡须后面，藏着一个年轻的丈夫和父亲的灵魂，痛苦地向某种难以形容的恐怖倾泻着自己的怒火。

读完整首诗，奔跑怪人用指尖轻轻戳了戳纸面，仿佛上面印的是盲文。

“如果你想要，可以留着它。”约瑟夫轻声说。

奔跑怪人没有抬头看过来，只是胡乱地把册子叠起来，塞进衬衫的前胸口袋里，袋口边沿露出绘制着桑叶的封面边框。他的嘴里发出含混不清的声音，像是一些不完整的句子。他把双手紧紧扣在胸前，双脚又开始跳上跳下，眼睛越发频繁地瞥向身后那条朝远处不断延伸的人行道，显然在努力抑制想要拔腿起跑的渴望。

“对不起……我不应该……我知道你该走了。我只是想谢谢你……来参加葬礼。我知道你从没见过他，但莱顿先生要是知道你去了，肯定会很高兴。”

奔跑怪人已经转过身去，在人行道上斜着身子小跑起来，约瑟夫这才意识到他要走了。

“等等！拜托你别走……”

蹒跚的身影正在渐渐远去。

“贾米森先生！”

奔跑怪人停住脚步，摇晃着转过身，眼睛还在四处乱看，并没有望向约瑟夫。他又缓缓地转回半个身子，在继续出发前举起了右手，按在衬衫口袋上，扭过头说：“一生都住在……”那双被久远的伤痛纠缠的眼睛直瞪瞪地盯着前方。

汤姆·莱顿临终前的低语就挂在约瑟夫嘴边，他伸出一只手，在奔跑怪人身后喊道：“上帝祝福你，贾米森先生！”

西蒙·贾米森犹疑了片刻，头也不回地转过身，径自沿着阿什格罗夫大道，朝卡钦斯先生店铺的方向跑去。约瑟夫微笑地注视着那个越来越小的人影，直到它消失在道路的转弯处。尽管奔跑怪人背负的行李不堪承受，约瑟夫心想，但至少还有一首诗能够贴近他的心灵。

“上帝祝福你，贾米森先生。”他对着空荡荡的街角，低声重复道。

EPILOGUE

尾声

约瑟夫以后当然不会再做关于奔跑怪人的噩梦，但那天晚上，在离约瑟夫家不远的地方，西蒙·贾米森做了一个梦。像往常那样，他依然梦见自己在跑，越跑身体越轻，直到双脚微微离开路面，柔和的微风不断地吹在他脸上。突然，地面开始下坠，他飞了起来，人行道在他下方迅速向后掠去。

他看到前方出现了明亮的橘色火焰，火光越来越近，最后他低下头就能看到这团炼狱之火的核心——火舌正包围舔舐着他的妻子和孩子们。她们微笑着，在看见他之后笑出了声，朝他伸出手来。

在梦里，奔跑的男人俯冲下去，将妻子和幼小的女儿们拥入怀中。她们闭上眼睛，枕在他的胸口沉沉睡去，身体像柔软的云朵那样轻盈。奔跑的男人托起她们，飞上了凉爽静谧的夜空。

他们越飞越高，地上的烈焰越来越小，最后变成了一个暖黄色的光点，永远消失在那些丝线般的街道和纸盒大小的房舍之间。

谨以此书献给我的家人：

我的妻子阿德里亚娜，

我的孩子麦格和约瑟夫，

我的母亲埃尔西和父亲丹尼斯，

我的姐妹海伦和凯西，我的兄弟罗布……

也献给我们每个人心中的奔跑怪人。

金色蚕茧

产品经理｜杨珊珊　装帧设计｜星　野　后期制作｜朱君君
执行印制｜梁拥军　封面插画｜Moeder Lin　出 品 人｜路金波

图书在版编目（CIP）数据

金色蚕茧 / (澳) 迈克尔·杰拉德·鲍尔著；孙璐译. — 济南：山东文艺出版社，2020.5

ISBN 978-7-5329-6108-5

Ⅰ.①金… Ⅱ.①迈… ②孙… Ⅲ.①长篇小说－澳大利亚－现代 Ⅳ.①I611.45

中国版本图书馆CIP数据核字(2020)第044216号

THE RUNNING MAN
BY MICHAEL GERARD BAUER

First published by Scholastic Australia Pty Limited, 2004
This edition published under license from Scholastic Australia Pty Limited

版权合同登记号：图进字 15-2019-344

金色蚕茧
JINSE CANJIAN

[澳] 迈克尔·杰拉德·鲍尔 著　　孙璐 译

主管单位 山东出版传媒股份有限公司
出版发行 山东文艺出版社
社　　址 山东省济南市英雄山路 189 号
邮　　编 250002
网　　址 www.sdwypress.com

读者服务 0531-82098776（总编室）
　　　　 0531-82098775（市场营销部）
电子邮箱 sdwy@sdpress.com.cn

印　　刷 河北鹏润印刷有限公司
开　　本 880mm×1230mm　1/32
印　　张 6.75
字　　数 139 千字
印　　数 1 ～ 6,500
版　　次 2020 年 5 月第 1 版
印　　次 2020 年 5 月第 1 次印刷
书　　号 ISBN 978-7-5329-6108-5
定　　价 39.80 元